JN089315

君を愛するために

Sena & Satoshi

井上美珠

Miju Inoue

EB

エタニティ文庫

目次

君を愛するために

1

「今日も疲れたなぁ」

仕事を終えた日立星南《ひたちせな》は、重い足取りで街中《まちなか》を歩いていた。オフィスビルが続く道を抜けると、すぐに都会の華やかな雰囲気が広がる。

勤め始めた頃は、会社帰りにショッピングができるし、欲しいものもすぐに手に入って便利だと思っていた。しかし今では、疲れた身体を余計に疲れさせる人混みにげんなりしてしまう。

そんな星南の疲れた気持ちを癒《いや》してくれるのは、たった一人の素敵な人だ。

毎日、会社の行き帰りに見る、お洒落《しゃれ》な男の人の看板。

海外ブランドながら値段が手頃で、若者に人気のファッションブランドだ。とは言え、やはりそれなりのお値段はする。なので、星南は小物くらいしか購入したことがなかった。

看板に写る男性モデルは、ブルーのスーツにグレーのベストを合わせ、自然なポーズをとっている。

彼は知らない人がいないほどの有名人――音成《おとなり》怜思《さとし》だ。

「今日もカッコイイ、怜思！」

星南は看板の前で足を止め、そこに写る彼の顔をじっと見つめる。

すると、彼女の耳に軽快な音楽が聞こえてきた。

ハッとして振り向くと、背後に建つ大きなビルのスクリーンいっぱいに看板と同じ彼の姿が映し出される。

ファンの間でもかなり評判がいい音楽メディアのＣＭだ。ドクンという大きな鼓動と共に目覚めた彼が、溢《あふ》れる音楽の中で踊っている。彼の日本人離れした外見と印象的な映像がマッチした非常に目を引くＣＭだった。

そのＣＭが画面に映し出された途端、道行く人たちが足を止めてスクリーンを見上げる。中には、口元に手を当てて顔を赤くしている女性もいた。スタイリッシュでカッコイイそのＣＭに、星南も見入ってしまう。

三十秒の至福の時間が終わると、ほうっとため息をついた。

どこに行っても見ない日はない彼を、気付けばいつも目で追いかけている。

星南は再び、看板に視線を向けて微笑んだ。

「毎日カッコイイですね。仕事帰りの癒《いや》しです。あなたみたいな人が彼氏だったら素敵だろうな」

どんなに笑みを向けようと、看板の中の彼は微笑み返してくれないし、話しかけてもくれない。

でも、思うのは自由だ。星南は愛しい思いを込めて、看板にそっとキスをした。

こんなところを誰かに見られたらかなり恥ずかしい。だけど、街行く人たちは手元のスマホに夢中で、星南を気にする人なんてまったくいなかった。

もし見られていたとしても、きっと何やってるんだ、くらいのことだろう。

星南は手を伸ばして、彼の写真の頬に触れる。

「音成怜思さん。いつも、見てます。今度の映画は、切なそうな恋愛映画ですね。音成さんの映画を観る時は、いつもヒロインと一緒に、あなたに恋してしまうんですよ?」

二十五歳で看板の写真に話しかけるなんて、我ながらヤバい女だと思う。そろそろこういうことは卒業した方がいいかもしれないなと思いながら、彼に向かって微笑んだ。

「本当に？　ありがとう」

その時、すぐ後ろから男の人の声が聞こえた。

星南の心臓がトクンと音を立てる。

これまで何度も繰り返し聞いてきた、よく知った声――

振り向くと、そこには男の人が立っていた。目深《まぶか》に帽子を被り、黒縁眼鏡をかけた背の高い人。ゆっくりと眼鏡を取ってにこりと笑いかけてきた顔は、先ほどキスをした看板と同じだった。

「近くで見ると結構大きい看板だね、目立つなぁ……」

そう言って歩み寄ってきた彼は、紛《まぎ》れもなく音成怜思、その人だった。

「お、音成、怜思さん？」

「君は誰？　俺のファン？」

呆然としたまま頷くと、再び眼鏡をかける彼。その仕草がすごくかっこよかった。

目の前の彼は控えめながらも、お洒落《しゃれ》な服を着ている。アンクルカットパンツに黒のスニーカー、白いTシャツに黒のジャケット。それだけ見ると街を歩く人とさほど変わらない服装だ。でも、音成怜思が着ているだけで、特別な服に見える。

その時、背後のビルのスクリーンで、再びさっきと同じ音楽メディアのCMが流れ始めた。それに気付いた彼の視線が、背後のスクリーンを見上げる。

「ああ、あれも目立つな……。あのCMの俺、やたらカッコつけてるよね」

スクリーンから視線を戻した彼が、笑いながら星南に尋ねてくる。

「君は、仕事帰り？」

言葉を出せずに、星南はただ頷く。

「そう、俺も。お疲れさまだね、お互い」

——超有名人な彼が、なんでこんなところに？

頭の中で何度も問いかけるけれど、目の前の現実が上手《うま》く受け入れられない。

もし音成怜思と話すことができたら、こんなことを話して、あんな質問をして、といろいろ考えていた。それなのに、いざ目の前にしたら、あまりにもびっくりして声が出てこない。

「驚かせてごめんね。声をかけずにはいられなくて……。迷惑だった？」

何も言わずに首を横に振ると、彼は笑みを深める。

まっすぐに自分を見つめる彼の視線に、顔が熱くなってきた。

彼は、ずっとずっと好きだった雲の上の人。そんな夢にまで見た憧れの人が、目の前で自分を見つめているのだ。この状況に星南はどうしていいかわからなくなってくる。

なんだか、今すぐここから逃げ出したくなった。

「よかった。今、とてもいい気分なんだ……それに……」

彼が何か言っているけれど、テンパった耳ではよく聞き取れない。だから星南は、じりじりと後ずさった。

その行動に対して、彼は少し怪訝《けげん》な顔をする。

音成怜思にこんな顔はさせたくないのに……そんなことをぼんやり考えながら、現実逃避した。

星南はぱっと踵《きびす》を返し、全力疾走《しっそう》でその場から逃げ出す。

「あっ！　君、ちょっと、待って！」

背後から自分を呼び止める彼の声が聞こえる。思わず止まりそうになる足を必死に動かして、星南は駅を目指した。

だって、憧れの人が目の前にいたのだ。

なのに自分ときたら……

「絶対、化粧、剝《は》げてるよ！　仕事帰りで疲れた顔してるし、今日の服めっちゃダサいのに！」

星南の服装は、きちんとしたオフィスカジュアルだ。でも、お洒落《しゃれ》とは言い難《がた》い。

もし事前に、今日は彼と出会う運命だとわかっていたなら、もっと可愛い服を着てきたのに！

せっかく本物の彼に会えたのに、後悔することばっかりだ。

耳に残る音成怜思の声を反芻《はんすう》しながら、星南は泣きたい気持ちで走り続けるのだった。

☆　☆　☆

音成怜思、三十三歳。

オックスフォード大学を二年で卒業し、イギリスでの法学学位を取得した。イギリスから帰国した二十歳《はたち》の時に、羽田空港でスカウトされたというのはファンの間では有名な話。

そのままモデルとしてデビューした彼だったが、ある監督に気に入られて出演した映画が大ヒット。

素晴らしい演技力と、日本人離れした美しい外見が各分野で高い評価を得て、一躍《いちやく》時の人となった。

モデル兼俳優として活躍の場を広げていった彼は、やがて卓越《たくえつ》した語学力を生かして海外の映画にも出演するようになる。その整った容姿もさることながら、持ち前の演技力で世界の人々も魅了し、いつしか世界的人気俳優と言われるようになった。

また、日本の人気俳優男性部門で三年連続一位を獲得。さらには、抱かれたい男ランキングでも三年連続一位を獲得し、殿堂入りをしている。

——こんな雲の上の有名人が、まさか会社の帰り道にいて、普通に声をかけてくるなんて夢にも思わない。

「どうしたの？　今日は元気ないのね、星南ちゃん」

隣のデスクから、先輩の矢加部《やかべ》エリコがそっと声をかけてきた。

「あ……いえ、何でもないです」

彼と偶然に出会った翌日。

星南は勤務する会社のデスクで、朝からひたすらデータの打ち込みをしていた。

それがいつの間にか、音成怜思のプロフィールを頭に浮かべてボーッとしていたらしい。

そろそろお昼に差しかかる時間。早めにランチを取りに行く社員がいるので、オフィスは少しずつ人気《ひとけ》がなくなっていく。

「何か悩み事？　今日は旦那の帰りが遅いから、一緒にご飯でも食べに行く？　私でよかったら話聞くわよ？」

星南はエリコに笑みを向け、小さく首を振る。

エリコはこの会社に入社したばかりの星南にいろいろと仕事を教えてくれた人だ。気さくで面倒見がよく、すぐに仲良くなった。デスクも隣で、何かと世話になっている。

年上の同僚であるエリコを、星南は尊敬していた。

「大丈夫です。実は昨日、ちょっとびっくりすることがあって……それを思い出してたんです」

「そうなの？」

「はい。いつも気にかけてくれて、ありがとうございます」

星南が笑ってみせると、エリコもまた笑みを浮かべた。

「じゃあ、ただの女子会やりましょう。星南ちゃんと美味《おい》しいものが食べたいわ」

「わー、行きたいです」

「たまにはスペイン料理とかどう？」

「賛成です！」

互いにこっそり笑い合っていると、こちらを睨《にら》んでいる課長の視線に気が付いた。ヤバい、と思って首をすくめつつ、二人とも何事もなかったように仕事を再開する。

星南は、一般事務の仕事に就いている。データの打ち込みや資料作成など業務量はその日によって変わるが、急な残業もありそれなりに忙しい。

今日は終業後にエリコとご飯へ行くため、絶対に定時で仕事を終わらせる。そう心に決めて、星南はキーボードを打つ手を速めた。

でも、ふとしたことで昨日のことを思い出してしまう。

だってあれは、本当にびっくりしたのだ。今でも信じられなくて、何度も頭の中で反《はん》芻《すう》してしまう。

音成怜思は、眼鏡をかけていてもカッコよかった。プライベートらしい普段着が素敵だったし、腰の位置が半端なく高かった。

というか、目の前で看板にキスとかしちゃって、気持ち悪く思われなかっただろうか。確かに誰に見られてもおかしくない場所だったけど、まさか本人に見られるなんて思わない。

自分の行動を後悔しつつパソコンにデータを入力していたら、目の前にバサッと書類の束が置かれた。驚いて顔を上げると、ゴトリと分厚いファイルが追加される。

「日立さん、これ、プレゼン用の説明資料ね」

総合職に就いている目の前の男性は、ある意味星南の上司と言ってもいいポジションにいる。

「適当に書類入ってるけど、きちんと分類しておいてくれると助かる。これ明日の朝一の会議で使うから、今日中にまとめておいてくれるかな？」

書類の数、分厚いファイルからして、確実に残業コースだ。

これを今日中って……と思いながら、積み上がった資料を見つめる。でも、上司から言われた仕事はやらなければならない。

「わかりました。今日中にやっておきます」

星南は、笑みを浮かべて彼を見上げた。

「ありがとう。いつも助かるよ」

そう言われると残業もしょうがないと思えてしまうから、我ながら単純なものだ。でも、エリコとの食事会は難しいかもしれない。

上司の後ろ姿を見送り、目の前に積み上がった資料の山にため息をついた。

すると横から、声をひそめたエリコが声をかけてくる。

「もう！　絶対あの人、星南ちゃんなら残業になっても断らないって思ってるわよね……私も手伝うわ。ちょっと遅くなっても、一緒にご飯行きましょう！」

エリコの提案は嬉しい。けれど、星南は彼女のデスクに積まれた書類を見ながら言った。

「ありがとうございます。でも、エリコさんも、仕事詰まってますよね。この量だから、さすがに定時はムリですけど、今から頑張ればなんとか七時には終えられると思うんです。……それからご飯でも大丈夫ですか？」

エリコも、自分のデスクの仕事を見つめて苦笑した。

「そうね……じゃあ、こっちが早く終わったら手伝うわ。今のうちに、お店、予約しておきましょうね。平日だけど、その方が確実だから」

「はい。お願いします」

星南は、頭を下げて笑みを浮かべる。

エリコは軽く星南の肩を叩いて自分の仕事へ戻っていった。

「よし！」

ぼんやり音成怜思のことを考えている暇はない。星南は気持ちを引き締めて目の前の仕事に集中した。今日の業務が終わったら、美味《おい》しいごはんを食べる。そしてまた明日からも仕事を頑張るんだ、と思いながら。

☆　☆　☆

「はぁー、今日は大変だったわねぇ」

「まぁ、いつものことですけどね」

結局仕事が終わらず、お店に入ったのは夜の七時半。エリコがお店に予約を入れておいてくれたおかげで、到着が遅れても席はちゃんと確保できていた。

ビールとカクテルで乾杯したあと、星南は仕事が終わるのを待っていてくれたエリコに頭を下げる。

「遅くなってすみませんでした」

「いいのよ。まったく、明日の朝必要な書類を前日急に頼むなんてねぇ。しかもあの量！ほんと人がいいんだから、星南ちゃんは」

ぷりぷり怒っているエリコに、星南は苦笑する。それでも、誰かがやらなければならない仕事なら、仕方がないことだとも思う。

「でも、そういうところ、偉いよね。いつもごめんね、ありがとう」

「そう言っていただけるだけで嬉しいです。でも、明日は定時に帰りますよ」

「そうね。私も定時に上がれるように頑張るわ！」

エリコは力強く宣言して、お代わりのビールを頼んだ。お酒があまり強くない星南は、最初に頼んだカクテルをちびちび飲んでいる。

「そういえば、昨日あったびっくりしたことって何？　午前中、珍しく星南ちゃん上《うわ》の空だったし、気になっちゃって……」

エリコが、心配そうに顔を覗《のぞ》き込んできた。

「すみません……ええと、嫌なことじゃなくて、むしろ嬉しかったことというか。こう、舞い上がっちゃう、みたいな」

昨日あったことを思い出すと、気分が高揚する。びっくりしすぎて思わず逃げ出してしまったけれど、デビュー当時からカッコイイ、素敵だと思い続けてきた音成怜思があんなに近くにいたのだ。

しかも、お疲れ様、と声をかけてくれた。会話らしい会話はできなかったけれど、直接聞いた彼の声はまだ耳に残っている。

「えー？　なになに？　教えてよ！」

「これはちょっと、ダメです」

思わず顔がニヤけて、満面の笑みを浮かべてしまう。きっとお酒の効果もあるんだろうけど、舞い上がってしまうくらい嬉しかったことだ。どうせなら握手をしてもらえばよかったと、今は思う。

「すごく、良いことだったのね？」

「はい、それはもう！　だから今日の残業もいろいろと頑張れました」

そっか、と微笑みながら言われて頷く。

もうあんな機会は二度とないだろう。東京には、ものすごくたくさんの人がいる。そんな中で出会えたのは本当に奇跡だと思った。

実際に聞いた彼の声は、テレビ画面から流れてくる声よりずっと素敵だった。モデルや俳優としての活動がメインの彼だが、実は声にも定評がある。その実力は、海外映画の吹き替えや有名アニメの声優をするくらい。もちろん星南は、彼が吹き替えをした作品のブルーレイディスクはすべて持っている。というより、彼の出演した作品はすべて持っていた。

それくらい大好きな音成怜思。いつでもどこでも、彼の声を聞きたいし姿を見たい。

家に帰ったら、お気に入りのブルーレイディスクを再生しようと心に決める。

画面の中の彼は、一途に一人の女性を愛する青年だったり、冷酷な殺し屋だったり、音楽家の役で心を揺さぶる音楽を演奏したりした。

そうして様々な顔を見せてくれる彼が、ものすごく好きだ。

もう一度会いたいと思う気持ちはもちろんあるけれど――

彼は自分とは住む世界の違う人なのだ、と星南は自分に言い聞かせるのだった。

☆☆☆

明日も仕事だというのに、店を出たのはすでに午後十時を過ぎた頃だった。遅い時間ながら、街中《まちなか》なのでまだたくさんの人がいる。

バス通勤のエリコと別れ、いい気分で歩く星南は自然といつもの道に向かった。エリコと行ったスペイン料理の店からも、音成怜思の看板の前を通って帰ることができる。だから、今日も動かない彼に会うつもりで、看板の前へと足を進めた。

まるでプチストーカーのような行為をしている自分に、思わず苦笑する。でも、ファンなんてみんなこんなものじゃないだろうか。

以前エリコから、音成怜思は夢の人物なんだから、ちゃんと現実の男に目を向けた方がいいと言われたことがあった。

だから、星南なりに頑張ってみようと思ったこともあったけれど、結局彼以外には興味を持つことができなかったのだから本当にダメだ。夢の中の人に本気で恋をしても、どうしようもないのに……

ため息をついた星南は、看板に写る彼を見上げる。

「……昨日、握手くらいしてもらえばよかったな」

思わずそう漏らすと、誰かに手を握られた。側に人がいるなんてまったく気付いてなかった星南は、驚いて隣を見る。

「握手を通り越して、手を繋《つな》ぐっていうのは、どう？」

そこには、昨日と同じく帽子と眼鏡を付けた彼がいた。

直後、ドゥン！　と音がして、彼のＣＭがビルの大画面で流れ出す。

「お、音成、怜思、さん？」

彼は笑って帽子を少し目深《まぶか》に被り直す。

「し……名前はＮＧ」

唇に人差し指を当ててそう言った彼は、星南の手を引いて歩き出した。自分の手を包む彼の手は、大きくて温かかった。

しばらく歩いて、目立たない路地に入る。彼は大通りに背を向けて帽子と眼鏡を取った。軽く整えるように手櫛《てぐし》で髪を掻き上げると、彼の魅力的な黒い目が正面からジッと星南を見つめる。

「さて、君は誰？　いつも、あそこで俺を見てるよね」

「え？」

一瞬、何を聞かれているのかわからなかった。

「君は、見かけるたびにあの看板の前にいて、俺に話しかけてるでしょ？」

今、星南の目の前で、腕を組み壁に寄りかかっている彼は、確かに俳優の音成怜思、本人だった。ものすごく高い位置にあるウエストや、日本人離れした綺麗な顔は見間違えるはずがない。

「……最初は、偶然あの看板の近くを通ったんだ。その時、君を見かけた。それから何度か近くを通ったけど、そのたびに君は、写真の俺に話しかけてる。いつしか、そんな君のことが気になるようになってね」

そう言って、壁から身を離した彼は星南に一歩近づいた。

「あの看板のブランドとの契約……本当は三ヶ月だったんだけど、君を見かけてもう三ヶ月延ばしたんだ。でも君、本物が見てるのにちっとも気が付かないから、さらに三ヶ月延ばした」

まるで自分のために契約を延ばしたと言われているように感じて、顔が赤くなる。

「昨日も、看板にキスしてたね」

さらに顔が熱くなった。

やっぱり、あれを見られていたんだ……！

しかも、「昨日も」ということは、前にもキスしていたのを見られたということだ。

星南は、あまりの恥ずかしさにうつむく。きっと顔は真っ赤になっているだろう。すると、彼の指が顎《あご》にかかり顔を上げさせられた。

「あ……あの……」

「別に怒ってないよ。こんな純粋なファンもいるんだって思って、嬉しかった」

「そう、ですか？」

「うん。いい気分だった。それに、こうしてきちんと君の顔を見られて、もっと嬉しい。きっと可愛い子だと思っていたんだ」

「えっ？」

星南に向けられる優雅な笑みは、テレビでよく見る彼の笑顔とは少し違っていた。けれど、ものすごく魅力的でドキドキが止まらない。

「片思いってさ、ある意味ストーキングと一緒だと思わない？」

ついさきほど、似たようなことを考えていた星南はドキリとする。

「いつもの時間にいない時は、大抵、午後九時半から十時くらいにあの看板の前を通るよね。今日は誰かと飲んでた？　もしかして、彼氏？」

そんな人いないから首を横に振ると、彼はフッと笑った。

「だよね……彼氏がいたら、一人で帰らないはずだ」

星南は、彼の言葉を信じられない思いで聞いている。まさか、彼は本当にずっと、星南を見ていたというのだろうか。

「君は、俺が好きなの？」

「え？　あの……ものすごく、ファンです」

「そう、〝音成怜思〟が好きなんだね」

にこりと笑って首を傾《かし》げる姿は、テレビで観る彼と同じようで少し違って見えた。

プライベートの彼は、割とはっきりものを言う人なんだ。

初めて知った彼の素顔を、とても新鮮に感じた。

「現実の俺は、君の理想とはちょっと違った？」

星南の表情から考えていることがわかったのだろう。うつむき加減でそう言われて、慌てて首を振った。

「……でも、今の音な……あなたも、素敵だと思います」

「そう、よかった」

目の前で柔らかく微笑んだ彼に目を奪われる。いつもは、誰か違う人に向けられているそれが、今は星奈だけに向けられているのだ。

「突然で、信じられないかもしれないけど……俺、君に惹かれてるみたい」

「え……はっ？」

今、彼は星南に惹かれていると言った？

ごく普通の一般人で美人でも何でもない星南が、そんなことを言われるなんて信じられなかった。

彼が惹かれる要素はどこだろうと真剣に考えてしまう。自分の良いところを探そうとするけれど、ちっとも思い当たらなかった。

「そんなに驚くこと？　だって、君、可愛いよ。毎日、写真の俺に向かって話しかけて頬を染める。……なんて純粋な娘《こ》なんだろうと思った」

彼は手を伸ばして、星南の髪に触れた。そのまま一房《ひとふさ》手に取り、そこへキスをする。

まるで、映画やドラマのような仕草に星南の心臓は破裂しそうなくらいドキドキした。

「ねぇ、君は一体何なの？　どんな女にもこんな気持ち感じたことないのに」

音成怜思は、真面目《まじめ》な顔をして星南との距離を縮めてきた。そして、自然な動きで腰に手を回し、抱き寄せてくる。

「あっ、あの、ちょっと……」

芸能人の、しかもずっと憧れていた人からこんな風にされると困る。それに、もっと困るのは彼の方ではないだろうか。こんなところを写真にでも撮られたら、どうするのだろう。

「ダメ？」

「もちろんです！　こんなところを写真に撮られたら、大変じゃないですか」

意表をつかれたように一瞬動きを止めた彼は、すぐにフッと微笑んだ。

「大丈夫だよ。俺がこんなに目立つ場所で、堂々としているなんて誰も思わないから」

それはそうかもしれないけれど、とすごく周りが気になる。この路地の先は行き止まりで、彼は通りに背を向けて立っているから、顔を見られることはないかもしれない。でも、もし星南といたことで、憧れの人に万が一のことがあったらと思うと、後悔してもしきれない。

気になって通りに視線を向けると、頭上から声が降ってきた。

「名前、連絡先、仕事先、全部俺に教えて」

「へっ……そんな、なんで？」

予想外なことを聞かれた星南は、思わず素っ頓狂《すっとんきょう》な声を出してしまう。

「俺が君を好きだから」

開いた口が塞《ふさ》がらないとは、まさにこのこと。

音成怜思が——ずっと憧れ続けてきた大好きな彼が、星南を好きだと言った？

「ここで教えてもらえないと、またストーキングすることになるけど、いい？」

「えっ、あの、ス、ストーキングって……」

あまりのことにどうしていいかわからず、しどろもどろになってしまう。

「早く教えて？　この間にも、誰かに気付かれるかもしれないよ」

現実の彼は、本当に物事をはっきり言って、そして結構オレ様な感じだ。

でも、そんな彼も嫌じゃない。

星南は急いで、バッグの中からスマートフォンを取り出した。

「ひ、日立星南です。あの、そこのビルの十階のオフィスに勤めてます」

正面に見える大きなビルを指さすと、彼はちらりと振り返った。

「わかった。それで？　連絡先は？」

彼は有無《うむ》を言わさず連絡先を聞いてきた。

まずはメールアドレスを交換し、次に電話番号。

「ねぇ、星南ちゃん。俺、君のせいでおかしくなったみたいだ」

彼は自分の連絡先を入力したスマホを星南に返すと、熱い視線を向けてくる。

「正直、ストーキングされたことはあっても、誰かをストーキングしたのは初めてだ。それに、告白しておいて悪いけど、俺はこれまで恋愛にあまり重きを置いてこなかった」

「そう、ですか。……らしいかも、です」

息がかかるほど近くに綺麗な彼の顔があって、星南の心臓はドキドキしすぎて今にも壊れそうだ。

「こらこら、そこで完結しないでよ。だからさ、そんな俺がストーキングまでして君に言い寄ってる意味、ちゃんとわかってる？」

——意味？

言われていることがよくわからなくて、ぽかんとしてしまう。

彼は人気俳優で、憧れの人だ。

そんな人が星南の目の前にいて、私のことが好きでストーキングしたと言っている。

そんなこと現実にあるわけがない。

むしろ、これは夢だと考えた方がよっぽどしっくりくる状況だった。

でも直接耳に届く低くて綺麗な声と、星南の腰を支える手のひらの熱さは本物で……

それに、どこか困ったような、なんとも言えない表情をしている彼は、夢にしてはやけにリアルだ。

「まぁ、今日はいいか。ねえ、明日も仕事？」

「は、はい」

「仕事が終わる頃に連絡するから、絶対に電話に出て。わかった？」

そう言いながら腕時計を見る。その時計には星南でも知っているくらい有名なブランドのマークがついていた。

「はい」

「残念ながら、タイムリミットだ。じゃあまた。今日は、強引に迫ってごめんね、星南ちゃん。送れなくて悪いけど、気を付けて帰るんだよ？　ここを右に曲がってまっすぐ行ったら、駅に着くから」

そう言って怜思は、自然な動きで星南の額《ひたい》にキスをした。

ゆっくりと唇が離れ、彼は笑みを向けてくる。

柔らかい感触が残る額《ひたい》が熱い。自然と顔が赤くなっているのがわかる。そのうち耳にもそれが伝染した。ドキドキと音を立てる心臓の音が彼に聞こえてしまいそうだ。

星南が固まっているうちに、彼はさっと背を向けて歩いて行ってしまう。しばらく呆然と立ちつくしていた星南は、我に返った瞬間、とんでもない事態に気付く。

「音成怜思が、私のことを好きだって言った……？」

信じられない出来事が我が身に起こった。驚きのあまりぽかんと開いたままの口が塞《ふさ》がらない。

手の中のスマホを見ると、夢ではない証拠に彼の名前がしっかりアドレスに入っている。電話番号もメールアドレスも登録されていた。

「信じられない、うそ……」

ふわふわした心地で星南は路地から出て、彼に言われたように右に曲がりまっすぐ歩く。

しばらくすると、駅に着いた。星南はいつも通り改札を通って電車に乗る。

しかし、あまりにもびっくりして、あまりにもボーッとしていたため、星南は降りる駅を乗り過ごしてしまったのだった。

2

次の日の朝は、いつもより早く目覚めてしまった。

そして、考える。

どうして私にあんなことが起きたのだろう、と。

何度も何度も、心の中でつぶやいた。

少しずつ明るくなっていく部屋の中で、白い天井《てんじょう》を見上げながら星南は下唇を噛む。

「あんな夢みたいなこと、やっぱりあるはずない」

どうにか起き上がって、スマホを見た星南は大きく目を見開いた。

『音成怜思です。星南ちゃん、今日、仕事が終わったら連絡ください。会社まで迎えに行きます。普通の車で迎えに行くから安心して』

「夢じゃなかった……」

メッセージの受信時刻は午前三時五分。

それを見て、もしかしたら昨夜会ったあとも、彼は仕事をしたのかもしれないと思った。

『美味《おい》しいご飯食べようね』

芸能人の言う美味《おい》しいご飯って、ものすごく美味《おい》しいに違いない。

それで、値段もものすごく高いのだろう、と、一般人の星南は推測してしまうわけで。

フワフワと浮いているような気分は、目が覚めても抜けてくれない。

星南はおもむろにベッドから立ち上がり、今日の服を真剣に考えた。これが夢でも嘘でも、彼の誘いを受けたいと思ったから。

☆　☆　☆

「日立さん、会議資料のコピー二十部お願いね」

「はい」

午後一の会議で使うものだろう。資料は全部で十二枚ある。コピーして会議の机にセットすることを考えると、それなりに時間がかかりそうだ。お茶の準備もしないといけない。

今頼まれている急ぎのデータの打ち込みもあるから……と、星南はこれからの仕事の段取りを考えていく。思ったより早く一日が終わりそうだった。

ひとまず星南は、データの打ち込みを後回しにし、資料を抱えてコピー機へ向かう。

資料の大きさごとにコピーの仕方を考えながら、ふと今朝のメールについて思い出した。

『今日、仕事が終わったら連絡ください。会社まで迎えに行きます』

時間が経ってくると、やっぱり夢のように感じる。

夢じゃなかったと思ってみたり、夢みたいだと思ったり。星南の気持ちは、昨日から夢と現実を行ったりきたりしているようだ。

だって、偶然見かけた女性を好きになるなんて、まるで最近見た彼のドラマみたいだ。

会社員役の怜思が、フラッと立ち寄ったカフェショップで出会った女性に惹かれていく恋愛ドラマ。互いに少しずつ惹かれていく過程が、妙にリアルでくすぐったくてドキドキした。

ストーリー自体は王道だったけど、二人の何気ないシーンにすごくほっこりしたのを覚えている。

ドラマだとわかっていても、怜思の演じる彼が相手役の女性を愛する姿が真に迫っていて、思わず女優と自分を置き換えて見ていた。

それもあって、つい星南は夢と現実が混同しそうになってしまう。

「星南ちゃん……星南ちゃん！」

「は、はい!?」

星南のすぐ後ろにエリコが立っていた。驚いて振り返ると、彼女はため息をついて肩をすくめる。

「コピー終わったら声かけてね。私も頼まれたものがあるから。……大丈夫？　赤い顔でボーッとして。まるで恋する乙女みたいよ？」

ふふ、と笑顔で指摘されて、自分がしばらく上《うわ》の空だったことを自覚した。

「す、すみません……ちょっと考え事をしていて……」

星南は、慌てて頭を下げた。

「もしかして……音成怜思のことでも考えてた？」

エリコは星南が熱烈な音成怜思ファンだと知っている。だからたまに雑誌の切り抜きなどを持ってきてくれたりするのだ。

「ま、まぁ、そんなところです」

「そんなんじゃ、いつまでたっても現実の彼氏ができないわよ？」

エリコの言葉に、星南は苦笑を浮かべる。

「星南ちゃん可愛いんだから、ぜひともあなたに合った現実の彼氏をゲットしてほしいわ」

星南は一気に目が覚めていくのを感じた。

昨日会ったのは、ずっと憧れていた音成怜思だった。テレビで見ていたままの、目鼻立ちの整ったとても綺麗な男の人。

彼と会ったのは、確かに現実だったけど、今日の約束は夢かもしれない。

——芸能人のなりすまし、ってこともあるかもしれないし。
「うちの旦那が、会社の合コンで女の子探してるの。よかったら、星南ちゃん行かない？
私と旦那も参加するから」
私たちにとってはただの飲み会だけど、と言って笑うエリコに、行ってみようかなと
思った。
冷静に考えれば、彼は芸能人だ。星南のようなごく普通の女に、本気になんてなるは
ずないじゃないか。それに、星南は恋愛のことなんてまったくわからない初心者なのだ。
こういうネガティブループを繰り返すくらいなら、初めから夢だと思ってなかったこ
とにしてしまった方がいいように思う。
「そうですね……思い切って参加してみます」
「そうこなくちゃ！　じゃあ日程は、また連絡するね。あ、コピー終わったみたい。私
の番ね」
星南は笑顔でコピー機に山となっている資料を手に取り、ホチキスを持って会議室へ
向かった。
「連絡したら、本当に来てくれるのかな……でも、連絡しなかったら来ないよね？」
会議室の長机に資料を並べて、一枚一枚順番に取って最後にホチキスで留める。
それを繰り返しながら大きくため息をついた。

なんで、憧れの芸能人が星南の前に現れたりしたのだろうか。

身に余る奇跡は、時に残酷だ……。

そう思いながら、星南は黙々と仕事をこなしていくのだった。

☆　☆　☆

すべての仕事が終わったのは、終業時間を一時間過ぎた午後六時だった。

あとからまた書類仕事を頼まれて、それをパソコンに打ち込むのに時間がかかってしまったのだ。それでも早く終わった方なので、ほっと一息つく。

会社の制服から着替えて、ロッカーの中からバッグを取った。そうしてスマホの画面を開くと、そこには音成怜思から一件のメッセージが届いていた。

『仕事が終わったら連絡して。迎えに行く。待ってるから』

今日二度目のメッセージを見て、勝手に鼓動が高鳴っていく。

異性をこんなに意識したことは、今までになかった。

本当に、どうしたらいいんだろう。

星南は恋愛初心者だ。男の人と付き合ったことがあると言っても、おままごとみたいな付き合いだけ。大人の付き合いらしいことは何もなかった。そんな自分が、本物の芸能人、それもずっと憧れていた人となんて、本当に？　と思ってしまう。

心の中で、冷静な自分が浮かれた自分に言い聞かせる。

彼はテレビの中の人でアイドル、つまり偶像なのだ。

つまり、現実にはいないも同然の人――

わかっていても、彼が相手だと、あまりにもファンすぎて、たとえ遊びでもいいと思ってしまう自分がいる。

でもそんな自分は不幸だし、何より可哀想すぎる。

だったら、彼とどうにかなるとか、付き合うとか、遊びでもいいとかいう考えを頭の中から排除して、最初から会わなければいいのだ。

このままファンでいる方がいい。

一般人の自分は、エリコの言うように合コンに参加して、現実で彼氏を見つける方が合っている。そう、言い聞かせた。

「決めた！　返事は、しない。私は、普通、前向き、舞い上がらない！」

スマホをバッグの中にしまい、ロッカールームを出た。途中、会社のエントランスに映った自分を見る。今日は、自分なりにお洒落《しゃれ》をしてきたから、結構可愛い恰好をしているると思う。

マキシ丈のスカートに、繊細《せんさい》なレース袖《そで》のTシャツ。足元は三センチヒールのラウンドトゥパンプスを履いてきた。本当はパンプスはあまり好きではないのだが、彼に会うのだと思ったら、少しでも綺麗に見せたかったのだ。

帰り際、エリコにデートにでも行くみたいねと言われた。

確かに今朝はそのつもりだったけど、冷静になった今はちょっと恥ずかしい。

でも、今日くらいはこんなお洒落《しゃれ》もいいだろう。また明日から、いつもの自分に戻ればいいのだ。

会社を出て、星南はまっすぐ駅へと足を向ける。

すると急に後ろから腕を引っ張られて、勢いよく誰かにぶつかった。

「ああ、ごめん、力が強すぎたみたいだ。君、思ってたより軽いな」

頭の上から、低くて優しい声が聞こえる。よく知っているその声に慌てて見上げると、彼がいた。

「約二十時間ぶり？　連絡してってって言ったのに、どうして君はまっすぐ帰ろうとしてるのかな？」

「お、音成、さん？」

動揺して上ずった声を出す星南を見つめながら、彼は綺麗な目を細める。

「約束破る子、俺、嫌いだなぁ」

今日の彼は、これまでのような明らかな変装をしていない。

眼鏡だけをかけて、スタイリッシュな黒のスーツを着ている。どんな恰好をしていてもカッコいいけれど、今日の彼はまるで超エリート美形会社員のようだ。

「どうして連絡してこない？」

「そ、その……やっぱり夢かと思って」

「俺、嘘はつかないよ？」

軽く首を傾《かし》げた彼は、いつもの笑顔を星南に向けた。

「まぁ、会えて良かったってことにしよう。君が出てくるのを、今か今かと待ってたんだ。おいで」

自然と手を握られ引っ張られる。

「え、でも……あの……」

「素直に来てくれると助かるな。プライベートを、撮られたくない」

それは彼にとってマイナスだ。一瞬で、ファン心理が働いた星奈は素直に頷いた。彼は満足そうに口元だけで微笑み、星南の手を引いてゆっくり歩く。

しばらくして駐車場に着くと、彼は慣れた仕草で車のキーを操作する。すぐにライトが点滅した車は白い普通の国産車で、よく見かける人気車種だった。

会社から駐車場が少し離れていたことから、星南は彼を窺《うかが》いながら問いかける。

「外、寒かったでしょう？　ずっと、待っていてくれたんですか？」

「ああ。けど、ビルの中に入ってるカフェショップにいたから大丈夫だよ」

「そう、ですか……あの、バレませんでした？」

つい頭に浮かんだ疑問を聞いてしまう。

「だってみんなスマホ見てるでしょ？　中には目ざとい客もいたけど、今日は眼鏡にスーツだし、無視してたら普通に去っていったよ。そっくりさんだと思ったんじゃない？　意外とバレないものなんだよ」

さっきはバレたくないみたいなこと言っていたのに、矛盾してる。そう思いながら彼が開けてくれた車の助手席まで行くけれど、やっぱり思うところがあって見上げる。

「さっきはプライベートを撮られたくない、って言ってました」

「男女で言い合ってたら目立つでしょ？　普通にしてたら一般人に紛《まぎ》れることもできるけど、明らかに目立つようなやり取りには、興味なくても人は注目するからね。外で誰か一人に気付かれたら、完全にアウトだ」

彼は超有名芸能人で、人気イケメン俳優の音成怜思だ。

彼の言う通り、こんなところで騒ぎになって彼を困らせたくはない。そう考えた星南は、おとなしく車に乗った。

すぐに運転席に回った彼は、さっと車に乗り込みシートベルトをつけて車を発進させる。

たまにバラエティー番組に番宣で出ている時の話し方は、今とそう変わらないように思う。

星南は首を傾《かし》げた。よくわからないのが本音、というか。

「そう。俺の物言いとか性格とか。君の知っている俺とは結構イメージが違うでしょ」

「引く？」

そう言った怜思は、ハンドルを操作して右に曲がった。

「引いてない？」


それに、彼は俳優だ。これまで数えきれないくらいたくさんの役をやってきている。それこそ、人をバンバン殺す殺し屋から爽《さわ》やかな好青年まで。

だから別に、その時々で物言いや人格が違っても、不思議とは思わない。

「私は、そんなに違うとは感じませんでしたけど」

「へぇ……君、変わってるね。大抵、実際の俺はイメージと違うって言われるのに」

「……そうなんですか？　でも、それが本当の音成さんなら、いいんじゃないでしょうか？　俳優さんなら、いろんな顔を持っていて当然なわけだし……」

上手《うま》く返事ができていないかもしれない。でも、イメージに囚《とら》われて相手を決めつけるよりはいいと思う。

「そうか、ありがとう」

彼の口元に笑みが浮かんだのが見えた。外が暗いので、はっきりしないけれど、どうやら彼は満足そうに微笑んでいるらしい。

「今日はね、初デートだし、ちょっとカッコつけてフレンチレストランの個室にしたよ。フレンチ、大丈夫？」

そんなお洒落《しゃれ》な所に、と目を見開く。フォークとナイフを上手《うま》く使えなかったらどうしよう。内心ちょっと不安に思いながら、小さく頷いた。

「大丈夫、です。ありがとうございます」

「味は保証するよ。何度か行ったことのある場所なんだ。こうしてプライベートで行くのは初めてだけどね」

彼の口調はどことなくふわりと流れるように優しい気がする。だからだろうか……はっきりものを言われても、厳しく感じないのは。

「撮影のあとそのまま来たからスーツだけど、今から行くところはドレスコードのないカジュアルな店だから。緊張しなくても大丈夫だよ」

撮影と聞いて、思わずファンの血が騒いでしまう。

「あ、あの……今は何の撮影をしているんですか？」

「はは！　それ聞いちゃう？　来年公開の映画だから、内緒」

しー、と言うように唇に人差し指を当てる仕草が素敵だった。彼は何をしても絵になるので、ついつい目を奪われてしまう。

「来年公開の映画……まだ予告されてませんよね？」

「そう。さすがだね。そういうところも、ちゃんとチェックしてくれてるんだ」

「もちろんです。筋金入りのファンですから」

これは素直な言葉。星南は、音成怜思オタクと言っても過言ではない。

「わかってるよ。いくら俺の熱烈なファンでも、なかなか誰が見ているかわからない中、看板にキスなんかしないからね」

星南はカーッと顔が熱くなるのを感じた。

あれを本人に見られていたと思うと、恥ずかしくて堪《たま》らない。穴があったら入りたいほどだ。

「すみません……」

「なんで？　嬉しかったよ。むしろ、グッときたなぁ。俺好みの女の子が、そんなことしてくれてたんだから、ホント堪《たま》らない」

「好みって、そんな……私はただの一般人で、普通のＯＬですよ？」

「好みの女の子が、一般人じゃいけないの？」

楽しそうに話す、耳に心地いい声。

彼はこんな話し方もするんだ。それを隣で独占できる自分に、ちょっと優越感を覚える。

何万、何十万、といるだろう音成怜思のファン。その中の一人でしかない星南に、こんな夢みたいなことが起きるなんて奇跡だ。でも……

だからこそ、やっぱりありえないと思ってしまう。

「こ、これまで音成さんと噂のあった女の人は、みんなすごく綺麗な方でしたし……」

「はは、そうだね」

彼はハンドルを操作しながら、住宅街のちょっと奥まったところにある、洋館風の建物の前に車を停めた。きっとここが目的のフレンチレストランなのだろう。

「まあ、そういうつまんないことはさておき、だね」

シートベルトを外した怜思は、運転席に座ったまま星南をじっと見る。

「今は、目の前の君とのデートを楽しみたいな」

星南の頬を人差し指で軽く突《つつ》きながら言った。

「もう一度聞くけど、好みの女の子が一般人じゃいけない？」

「……いいえ、そんなことは、ない、です」

「よかった。こう見えて俺、結構真面目《まじめ》な男だよ」

不真面目《ふまじめ》なんて思っていないから、星南は首を縦に振った。

「本当に、片思いってストーキングと同じだ。気になって目で追って、想像して。……俺が何度、君に会うためにあの看板の前まで行ったと思う？」

怜思は星南の頬を指で突《つつ》いたあと、そこを手の甲で撫でた。

初めて男の人からそんな風に触れられて、心臓がありえないくらいドキドキしている。

「これでも決死の覚悟で、君に声をかけたんだよ」

そう言って小さく息を吐いた怜思は、なんだか息が苦しそうに見えた。

「息苦しい、ですか？」

星南の言葉に、彼は可笑《おか》しそうに笑って首を横に振った。

「違うよ。星南ちゃん、手を借りるよ？」

彼に右手を取られた瞬間、心臓が破裂しそうに高鳴る。テンパった頭で、もう絶対にこの手は洗わない！　なんて考えていたら、手を彼の左胸に押し当てられた。

手のひらから直《じか》に伝わる少し速い振動に、星南は息を呑む。

「ドキドキしているのがわかる？　これくらい、俺は君と一緒にいて、ハイテンションになってる」

顔に一気に血が集まって、唇が震えた。

「君のことは、まだ名前と連絡先しか知らないけど、誰よりも愛せる自信があるよ」

人気美形実力派、世界的俳優の音成怜思が、会ったばかりの星南のような女に、「愛せる」と言った!?

こんなこと、夢でない限り絶対に起こらないことだ。

そんな現実に直面し、星南は本当にどうしようと思うのだった。

3

——音成怜思のキャリアは二十歳《はたち》の頃、空港でスカウトされたところから始まった。

怜思は大学のあったイギリスから帰国し、久しぶりの日本の空気を吸い込んだ。この人口密度の高さは好きではないが、自分はやはり日本人なのだと実感する。この国の空気が心地いいと思うからだ。

怜思は、受け取った荷物についているタグを外してゴミ箱に放り込んだ。そのまま空港の出口へ向かって、早足で歩く。バスが出るまであと五分しかない。

「待ちなさい！　ちょっと、待って」

どこからかそんな大声が聞こえてきたが、怜思は腕時計の時間を見ながら足を速める。そこでまた、待ちなさい、と背後から声が聞こえた。それが、自分に言われている言葉とはちっとも思わなかった。

だから、いきなり後ろからセーターの裾《すそ》を強く引っ張られた時、イラッとした。

「捕まえた、イイ男……あなた、名前は？」

「セーターが伸びるので、手を離してくれますか?」

相手は、見る限り結構年上だ。オバサンと言っても過言ではない年齢の人が、息を切らして怜思のセーターを掴《つか》んでいる。

緩《ゆる》くカールを巻いたロングヘアー。化粧は濃いが、顔立ちはそこそこ整っている。上を向いた濃い睫毛《まつげ》も、天然のようでフサフサと揺れている。服装は、若干若作り。似合っているが、怜思の好みではなかった。

「ああ、ごめんなさい。で? あなた名前は?」

セーターから手を離してくれたのはありがたいが、見ず知らずの相手に名乗る義務はない、と怜思は判断した。

「知らない人に名前を教えちゃいけませんっていうのが、家訓なので」

そう言って足を進めたら、今度は腕を掴《つか》まれる。女にしてはやけに強い力で、怜思は眉間に皺《しわ》を寄せて振り返った。どうやら面倒なのに絡《から》まれてしまったようだ。

「離してください」

「いやよ! 名刺渡すからちょっと待って! ほら、私は佐久間美穂子《さくまみほこ》! こう見えても、芸能事務所の社長なのよ、ほら!」

彼女に無理やり手渡された名刺には、確かに社長と書いてあった。しかし、社長を自称する人間なんてどこにでもいる。

怜思はそういう手合いを相手にできるような法律の勉強を散々イギリスでしてきたので、彼女に名刺を突っ返した。

「佐久間芸能プロダクション？　そのまんまで、明らかに胡散臭《うさんくさ》い。すみませんが、興味ありませんので」

それじゃ、と再び歩き出そうとすると、さらに強い力で腕を掴《つか》まれた。

「だーっ！　ダメ！　行かないで！　お願いします！　お願いっ！　あなたみたいなイイ男、きっともう二度と巡《めぐ》り会えない！　ウチは真っ当な芸能プロダクションで、胡散《うさん》臭《くさ》くなんてないわ！　最近売れっ子の相川祐樹《あいかわゆうき》って知ってる？　あれウチの所属の子よ」

「知りません。俺、ずっとイギリスにいたので」

きっぱりと答えた。怜思は父の仕事の都合で、十六歳から二十歳《はたち》の今までイギリスで過ごした。この四年間の芸能界事情など知るはずがない。

「すみません、バスの時間があるので急いでいるんです。離してくれますか」

腕時計を見ると、あと一分でバスが出発してしまう。もう、諦めるしかないだろうと内心舌打ちしたくなる。

「いや、無理！　ここで離したら私が後悔する！　本当の本当に、胡散臭《うさんくさ》くないの！　ねえ、あなたいくつ？　ずっとイギリスにいたってことは、帰国子女？」

まるでお構いなしに質問を繰り返す彼女に、怜思の眉間の皺《しわ》は深くなる一方だ。

佐久間芸能プロダクション社長の佐久間美穂子は、怜思の手を取り再び名刺を渡してくる。

「見知らぬ人に、年齢を教えるほど馬鹿じゃありません」

「だから本当に、ウチは真っ当な会社なの！　まだ小さい会社だけど、私自身モデル出身だから所属の子は大切にしてるのよ」

言われてみれば確かに目の前のオバサンは、綺麗な顔をしている。身に着けているものや持っているスーツケースは有名なブランドのものだし、パンプスも服も控えめだがセンスがよかった。

しかし、だからと言って怜思の情報を教える理由にはならない。

「俺、次のバスには乗りたいので、失礼したいんですけど……オバサン」

もう一度名刺を突っ返す。彼女はオバサンと言われたことがショックだったようで、目を見開き言葉を失っている。ここまで言ったのだから、いい加減諦めるだろう。

芸能プロダクションなんて冗談じゃないと心から思う。

実のところ、怜思の家は芸能一家と言っても過言ではなかった。

父は有名なバイオリニストで、テレビに出ることも多い。今回、日本のテレビ局の仕事があると言って、怜思より早く日本に帰ってきていた。

すでに亡くなった母も有名なピアニストで、おそらく今でも名前を知っている人はいるだろう。

さらに妹は、十八歳ながらすでにピアニストとして頭角《とうかく》を現し、最近有名な国際コンクールで一位になったばかりだ。

怜思も一応、三歳から十八歳まで楽器をやっていたが、あまり音楽的な才能はなかったらしい。それなりにピアノやバイオリンを弾くことはできるけど、それだけだ。

さほど真剣に打ち込みたいと思ったこともないし、有名な音楽家の息子だからって、音楽家を目指す必要はないと思っている。

どちらかというと勉強の方が好きだし、大学を卒業した今は日本で弁護士を目指そうと思っていた。だから、芸能界にはまるで興味がない。むしろ、父母や妹を見てきたから、大変な世界だと思っていた。

だが、オバサン——美穂子は一向に怜思の腕を離してくれない。

「よく考えて。あなたこれだけイイ男だったら、即有名人よ？　イギリスでもモテモテだったんじゃないの？　あなた、たぶん身長百八十五センチは軽く超えてるでしょ？　雰囲気も日本人らしくないし、どこか外国の血が入っているわね？」

怜思は微《かす》かに目を見開く。思いのほか、人のことをよく見ていると思った。

言わないと気付かれないが、怜思の両親はどちらもクォーターというやつだ。母方の曾祖父はイギリス人で、父方の曾祖母はフランス人だった。だがクォーター同士の子どもの外見は、ほぼ日本人と変わらないのに。

「なんでわかったの？」

「そりゃあ、それだけ顔が整っていて美しければね。それに、全体的に大きな目の形もそうだし、腰の高さとその体格、身長のことを考えたらおのずとそう思ったわけ」

もしかしたら、この人の言っていることは本当なのかもしれないと思った。でも、芸能には心の底から興味がないし、自分にはそういう才能がないのを十分理解していた。

「とりあえず、私の話を聞いてくれるまで離さないから！　何なら私が家まで送ってあげるわ」

「かなり迷惑ですけど。だいたい、家についてきて何するんですか？　あんまりしつこいと、警察呼びますけど？」

「呼ぶといいわ。それで私の身元がはっきりするなら願ったり叶ったりよ。そうしたら、あなたのご両親に会って挨拶《あいさつ》をして、私の話を聞いてもらうわ！」

美穂子はこれっぽっちも引き下がらない。

「父はオーストリア在住。母は去年事故で他界しました。ちなみに家に来ても、家政婦しかいませんけれど」

怜思は嘘をついた。確かに父はオーストリアに拠点を移し、妹もそこにいるが、今は二人とも日本に帰ってきている。きっと、久しぶりに会った怜思に激烈ハグをかますことだろう。

「来たところであなたの話は聞いてもらえません。なので、手を離してくれませんか？」

この人と関わったら大変だ、というのが怜思の結論だ。

「嫌よ、絶対に嫌！　お願い、お願いします。私に話をさせてください！」

そして彼女は、ようやく怜思から手を離したと思ったら、床に膝をついた。

「お願い！」

いきなり目の前で土下座をされて、今度は怜思の方が焦った。急いで、膝をついて頭を下げている彼女の手を引っ張る。

「ちょっと、恥ずかしいからやめてください」

「話を聞いてくれるまで、ずっとこうしてるから！」

本当にクソ面倒くさいと思いながら、怜思は眼鏡を押し上げた。何を言ったところで、この人は絶対に引いてくれないだろう。

はぁー、と大きなため息が出た。こんな人と関わりたくないが、とりあえず今は仕方がない。

「……わかりましたよ」

がばっと顔を上げた美穂子の表情がパアッと明るくなった。その顔は確かに綺麗だったが、正直、迷惑以外の何物でもない。

「話を聞くだけですよ？」

「もちろんよ！　あなた、名前は？」

「音成怜思」

「いくつ？」

立ち上がりつつ、さっそくとばかりに次々と質問が飛んでくる。

「二十歳《はたち》です」

「大学生なのね。学校はイギリス？」

「卒業しました」

「え？」

美穂子が驚くのも当然だろう。二十歳《はたち》なら普通にまだ大学へ通っている年齢だ。

「俺、スキップして今年大学を卒業したんです。さっき嘘をつきましたけど、父は今、日本にいます。あなたも知っているんじゃないですか？　バイオリニストの音成怜志《れいじ》」

美穂子は目を見開いて、口をぽかんと開けた。その間抜けな表情に怜思の溜飲《りゅういん》がちょっとだけ下がった。彼女はすぐに我に返り、大きく頷いた。

「だったら話が早いわ。ぜひとも今日中に、お父様に会わせていただけないかしら。あなた、他にやりたいことがあるかもしれないけど、やっぱり芸能人になるべきよ。私は今、百年に一度の金の卵を発見した気分だわ！」

美穂子の顔色が変わったことに、怜思はすぐに気が付いた。

ああ、親の七光りを利用しようとするやつか。軽蔑も露《あら》わに、舌打ちをした。

「悪いけど、俺は音楽家には向いていない。父の名前を使うくらいなら、ここでさよならしてください」

「はあ？　私はあなた自身の魅力を売りにしたいと言っているのよ！　モデルから俳優なんてどうかしら？　親の名前なんかなくても、あなたは絶対に光るわ。私が保証する」

この時、怜思は何を思ったのか、なんだかよくわからない自信を漲《みなぎ》らせるオバサンを信じた。

彼女は気前よくタクシーで怜思の家に向かった。そして、迎えに現れた父に笑顔で挨《あい》拶《さつ》する。父の方が美穂子を知っていたのに驚いた。

――そうして十二年。

怜思は三十二歳となり、当初の予定とはまったく違った方向に、彼の人生は動いていたのだった。

☆　☆　☆

芸能人として活動を始めた怜思は、あっという間にスターの道を駆け上がっていった。

それこそ、美穂子が予想した以上の華々しいキャリアを積み上げている。

ＣＭランキングでは常に上位をキープしており、テレビで見かけない日はない。ファッション誌の表紙を飾ることも多く、特集が載った雑誌は完売することもあった。事務所の判断で連続ドラマに出演することはないが、スペシャルドラマや映画は軒並み好評。

現在はＣＭ契約数が十三本、専属モデルをしているブランドは二社。スペシャルドラマの番宣でテレビ出演が五本予定されている。その他、雑誌の表紙撮影が三本と、ラジオ出演。怜思が出演したとあるアーティストのミュージックビデオの反響がものすごく、ＣＤがかなり売れたと聞いている。さらに、最近出演した二本の海外映画がどちらもヒットして、世界的俳優という肩書きまでつくようになった。

それをありがたいと思う反面、プライベートはないに等しいくらい仕事に忙殺《ぼうさつ》されている。

とにかく毎日があっという間にスケジュールで埋まる。もちろんオフもあるが、友達と会う暇もなかなか取れない。

ドラマの撮影を終え、今日はもう帰るだけだ。怜思はため息をつきながら車窓から外を見る。ひときわ目立つ看板が目に入った。最近撮ったブランドモデルの看板で、恰好をつけた自分がこちらを見ている。紛《まぎ》れもなく自分なのだが、自分ではないように感じた。

「向井《むかい》さん、俺が芸能界引退するって言ったら、美穂子さん怒ると思う？」

ぽつりと、運転席のマネージャーに声をかけた。

「ええっ!?」

向井尚子《なおこ》という怜思のマネージャーは、素《す》っ頓狂《とんきょう》な声を上げて後部座席の怜思を振り返った。

「運転中。前見て」

「あ、はい……ごめん」

向井は慌てて前を向く。バックミラーに映る彼女の顔はかなり焦っているようだ。

「冗談でしょ？　怜思」

「半分冗談、半分は本気、かな」

「なんで急にそんなこと言い出すわけ？　今日の取材、嫌だった？」

ドラマ撮影の前に入っていた取材内容を思い出す。この間出演したミュージックビデオについて始まり、日々の過ごし方を聞かれた。そこからさらに恋愛観に発展して、内心ため息をつきながら笑顔で当たり障《さわ》りのないことを答えた。

付き合っている人はいる。でも、会えばただ身体を重ねるだけで、たぶん恋愛とは言えないだろう。

本当は心で感じるような恋がしたい。心が震えるほど相手を好きだと感じたい。

でも今は、恋愛も仕事の延長線みたいなものでしかない。

怜思は黙って窓に肘をつき、ぼんやりと外を見る。スモーク加工されたガラスは、外から中が見えないようになっている。同時に、車中から見る街の色は本来の色がわからないのだ。

直接色を捉《とら》えられないのは、自分がこの道を選んだから。

街中《まちなか》を自由に歩いたのは一体どれくらい前だろう。都心だけあって、夜でも窓の外にはたくさんの人がいる。その中に、怜思の知り合いはおそらく一人もいないだろう。

だが、怜思を知らない人は、ほとんどいない。

ファッションビルの壁面に大きなスクリーン。そこに、自分の出ているＣＭが流れる。

今売れているカメラのＣＭで、砂漠と緑豊かな密林で行《おこな》われた撮影には一週間も費やした。しばらく飛行機には乗りたくないと思うくらいの移動距離に、辟易《へきえき》したのを覚えている。

それでもこうしてＣＭの出来上がりを見ると、この仕事をやって良かったと思う。

ただ時々、自分はいつまでこの仕事を続けるのかと考えてしまうことがあるのだ。

自由に街中《まちなか》を歩くこともできず、友達は芸能人がほとんど。好きな店で酒を飲むこともできないし、好きな子ができても気軽にデートに誘うこともできない。

この十二年の間、付き合った人は全員芸能人。美人で大人で割り切った相手だから、キスもセックスも楽しかったけれど、結局はそれだけだ。たまに綺麗な身体を揺さぶりながら、自分は一体何をやっているのだろうと思ってしまう。

こういう不健全な付き合いしかしてこなかったから、真実の愛なんてものに憧れを抱くようになるのだろう。

「ふと思っただけ。ただ、さっきの取材で、音成さんにとっての恋愛とは何ですか？　って聞かれて、あったらいいけど、なくても死なないものって答えた。けど……考えたら、まともな恋愛なんて、芸能界に入ってからしてないな、と」

「……怜思、どうしちゃったの？」

モデルとしてデビューした頃は考えたこともなかったが、自分や周囲の予想に反してトップスピードで売れ始めてしまった。大した覚悟もないまま、いつしか怜思のプライベートは怜思の自由ではなくなった。

「今の相手は？　彼女とは結構長く続いているじゃない？」

今の相手、というのは現在恋人のような関係を保っている女性のことだ。最近、彼女とは冷めてきているから、怜思が一言別れると言えばすぐにこの関係も終わるだろう。

「とりあえず引退の話は置いといて、彼女のマンションの近くで降ろせばいい？」

「ああ。行ったところで、ただセックスするだけだけどね」

それすらも面倒くさく感じて、つい投げやりに答えてしまう。

「……怜思。いい加減、本気の恋を見つけなさいよ」

「はっ、こんな嘘ばっかりの場所で、どうやって？」

思わず苦笑すると、向井はそれ以上何も言わなかった。

車が信号で止まると、ビルのスクリーンに自分の出ているCMが流れるのが目に入った。カメラを持った自分の顔が大画面に映し出される。

こんなものばかり流すから、自分は健全でいられなくなるんだ、とぼんやり思った。芸能人として生きていて仕事がたくさんある。それこそオファーを断るほどに。それはすごくありがたいことだ。仕事は楽しいし、やりがいもある。もっと新境地を開きたいと思うことも多い。

でも、時々、どうでもよくなる時があった。

音成怜思という存在に背を向けたくなるような、冷たい気持ちが湧き上がってくる。

ふと視線を移すと、大きなビルの壁面を占領する自分が目に入る。先ほどとは別のファッションブランドの看板だ。確かに目を引くが、このブランドはあまり好きではなかったことを思い出す。

初めて見る看板の出来をじっと確認していると、一人の女性がその前に立ち止まった。何気なく見ていたら、女性はそっと看板の怜思の頬に手を添える。

「手、小さいな」

小さくつぶやく。すると彼女は、そのまま冷たい怜思の頬にキスをした。

「へぇ……彼女も俺のファンか」

ありがたいことに、ファンは大勢いる。でも、なぜかわからないけど、彼女が看板にキスをする姿がやけに新鮮に映った。

ビルのスクリーンに、また自分のCMが流れ始める。ついため息をつくと、看板にキスをしていた彼女が振り返ってビルのスクリーンを見上げた。

「……あ」

「ん？　どうしたの、怜思？」

思わず漏れた声に、運転席の向井が声をかけてくる。

「いや、何でもないよ」

マネージャーに答えながら、怜思の視線は彼女から離れない。

肩のラインで切りそろえた髪と、優しい顔立ち。特別美人ではないが、ぱっちりとした目が可愛い子だった。スクリーンを見上げて柔らかく微笑む彼女を見た時、怜思の心臓がドクンと大きな音を立てた。

なぜか目が離せない。彼女を見つめたまま何度も瞬《まばた》きをしてしまう。

CMが終わると、彼女は一度目を閉じて幸せそうな顔をした。

その表情に、心臓を射抜かれる。

彼女は、どこにでもいる普通の子だろうと思う。流行《はや》りの服を着て、ただ怜思を見ていた。往来で看板にキスをするなんて大胆なことをやるようなタイプには見えなかった。

だからこそ、ものすごい引力を感じる。頭の中で鐘が鳴り響いているような気がした。

「怜思、スマホ鳴ってるよ？　その音、毎回思うけどけたたましい鐘の音みたいよね」

「あ……」

頭の中で鳴り響いた鐘の音はスマホの着信音だったのか。

当たり前だ……頭の中で鐘が鳴るなんて、現実ではありえない。

彼女は満足したように歩き出す。そして怜思が乗っている車も動き出した。

スマホの着信音はそのままに、怜思は彼女を目で追う。すぐに人混みに紛《まぎ》れてしまった彼女を、車を降りて捕まえに行きたかった。

でもそんなことをしたら、あっという間に大変な騒ぎになるのは目に見えている。

「やっぱり、芸能人は嫌だな」

「えっ⁉」

つい本音が口から出てしまう。

自分が芸能人じゃなかったら、きっと彼女を追いかけることができた。

まるで子供みたいに、この出会いに興奮している。

彼女のことなど何も知らないのに、話すらしていないのに。

頭の中が、彼女のことで埋め尽くされていた。

車が目的地のマンション近くで停まった時、恋人と別れようとはっきり決意する。不健全な付き合いはもう必要ないと思っている自分に驚いた。

「里佳子《りかこ》さん。悪いけど、もうあなたとセックスできない。だから、別れてくれるかな？」

マンションの玄関先でいきなりそう告げた怜思の頬を、彼女は思いっきりビンタした。

何かいろいろ言われたが、全部無視して彼女の部屋を出る。

途中持っていた帽子を被って、一般人に擬態《ぎたい》した。

「ははは、なんだコレ、自分が信じられない！」

ありえないくらい心が興奮している。何だか走り出したい気分だった。

それから怜思は、毎回あの看板の前を通るように向井に指示し、彼女との二度目の出会いを待つのだった。

☆　☆　☆

何度か看板の前で彼女を見かけた。しかし、いつもタイミング悪く車を降りることができない。とりあえず、あまり好きじゃないけど、看板のブランドと契約の更新をした。イメージモデルを更新するのは久しぶりのことで、社長の美穂子が驚いていた。

そうして意識していると、他の女性も看板にキスしているのを何度か見かけた。だが、あの優しい顔をした彼女のように心を動かされることはない。

君は誰？　と気付けばいつも彼女のことを考えている。

けれど、彼女と顔を合わせることは、その後もなかなかできなかった。

興奮状態が落ち着いてくると、三十を過ぎたいい大人が、衝動のままに恋をしてどうするんだと考えるようになった。

これまで経験したことがない感情に戸惑っているのは、きっと芸能界にいるせいだ。

本当の恋愛をする前に、疑似恋愛ばかりをしてきた。役の中で本気で人を愛するのは、かなり力がいる。そうした撮影のあと、相手女優と付き合ったことは多々あった。

その時は、役での感情がそのまま恋愛に発展したのだと思っていたけれど、そうじゃなかったことに今頃になって気が付いた。

なぜなら、彼女に対する感情はこれまで恋と思っていたものとまるで違う。苦しいくらいに胸が高鳴り、姿を見られただけで幸せになれる。

こんなこと今までなかった。

いつでもどこでも、彼女の幸せそうな笑顔が頭から離れない。

あの看板のブランドと三度契約更新をした頃には、もう見ているだけでは我慢できなくなった。

「今日は歩いて帰る」

これまでの観察で、彼女の行動時間はだいたいわかっていた。

仕事のあとに寄った事務所でそう言うと、マネージャーと社長が驚いた顔を向けてくる。

「「はぁっ⁉」」

美穂子と向井の声が重なった。

「ちょっと待って、怜思！　送るから！」

「いいよ、向井さん」

「どうしたの怜思！　歩いて帰るなんてダメよ！　あんたは有名人なんだからおとなしく車で送られてなさい！」

「たまにはいいでしょ、歩いて帰っても」

はぁ、とため息をつく。すると、美穂子が厳しい顔でダメだと言った。

「あんた、自分の立場わかってるの？　なんか最近変じゃない？　やたらと自分の看板見たがるらしいし、たいして好きでもないブランドと契約更新するし……大丈夫なの？　羽根《はね》里佳子と別れて以来、そういう相手いないし……もしかしてストレス？」

「なんだそれ。自分の看板を見て何が悪い？　女がいなくて、美穂子さんに迷惑かけた？　だいたい、あのブランド、ギャラが高いから更新した時喜んでただろう。なのに今更、俺にどうでもいいこと言うのやめてほしいんだけど？」

いろいろ不自由なこの世界を選んだのは自分自身だ。

そのことに対して文句を言うつもりはない。だけど、デビューしたての新人みたいに行動をあれこれ制限されるのは気に食わなかった。

「向井に聞いたけど、本当に女の子と会ってないらしいじゃない？　あんたが一年近くもフリーでいるのは、正直気持ち悪いのよ。羽根さんと別れたのがショック？」

眉をひそめながら、美穂子がこちらに歩いてくる。

「なんでここに里佳子さんが出てくる。あの人とは俺から別れたんだ。……いくら社長でも、俺の下半身事情まで探るのやめてくれる？」

確かに、一年近くフリーなのは初めてだった。

今までの怜思は、そういう相手を切らしたことがない。仕事でのストレスや空虚感を、彼女たちで埋めていたからだ。

でも今は、そんなことよりも誰だかわからない彼女に話しかけてみたかった。

「そんな風に何でもかんでも詮索される方がストレスだ。最近仕事セーブしてるし、このままやめるのもありかも。とりあえず、今日は歩いて帰る」

目の前の美穂子に無表情でそう宣言し、怜思は踵《きびす》を返して出入り口に向かう。

「怜思」

後ろから名前を呼ばれたけれど無視した。

芸能界という特殊な世界にいる自分は、一般人とは少し感覚がずれているのかもしれない。割とわがままが許されてきたし、年齢の割に大人になり切れていない部分も自覚している。

だが、どんなに注意されようと、今はこの不確かな感情を確かめたいと思っていた。

☆　☆　☆

これまで遠目から何度も見て、彼女がよく現れる時間を確認していた。だいたいいつもと同じくらいの時間に現れた彼女を、そっと物陰から窺《うかが》う自分はストーカー男と一緒だ。

声はとぎれとぎれにしか聞こえない、でも確実に怜思のことを見て、冷たい看板に話しかけている。

「……ちカッコイイですね。仕事……癒《いや》しです。……みたいな人が彼氏だったら……な」

彼女に本物はこっちだ、と言ってやりたい。

――どんなに微笑んでも、そっちの俺は君に応《こた》えてあげられないよ。

彼女は、今日も冷たい看板の怜思にそっとキスをする。

看板に向かって優しく微笑む彼女に、怜思の胸が打ち抜かれた。

まるで、キューピッドの放つ恋の矢で胸を射抜かれたような、そんな感じだった。

遠くから見るのと、近くで見るのとではわけが違う。もっと近づきたくて、息苦しさを感じながら彼女のすぐ後ろに立った。

「音成怜思さん。いつも、見てます。今度の映画は、切なそうな恋愛映画ですね。音成さんの映画を観る時は、ヒロインと一緒に、本当にあなたに恋してしまうんですよ?」

頬を染めた彼女を見ると、上手《うま》く呼吸ができない。心臓がうるさいくらいに音を立てている。

不確かな感情なんかじゃない――これは、恋だ。

音成怜思がストーカーなんて廃業の危機だと思うけど、今はそうなっても構わない気分だった。

だから決死の覚悟で、声をかけた。

「本当に? ありがとう」

声を出すのにこんなに緊張したのは初めてだった。どんな相手をデートに誘う時も、こんなに緊張したことはない。それでも、なんとかいつもと変わらない声が出たことにほっとした。

すぐに振り向いた彼女は、優しい顔に驚きの表情を浮かべている。丸くなった目が何度も瞬《まばた》きをするのが可愛い。

「お、音成、怜思さん?」

初めて間近で聞いた声は、トーンの高い可愛い声だった。

「君は誰? 俺のファン?」

いつも思っていた、言葉を形にする。

教えてほしいと思った。

この感情を引き出す、君のことを。

4

——仕事帰り、音成怜思が星南を迎えに来てくれた。

狭い車内で、彼に手を取られた。その手は怜思の胸に押しつけられ、さらりとしたシャツの感触と彼の体温を直《じか》に感じている。

手のひらから伝わる彼の鼓動は、ドクドクと少し速いリズムを刻んでいた。

男らしい大きな手に覆《おお》われると、自分の手がすごく小さく感じる。そこから伝わる彼の熱が、どうしようもなく自分の胸も高鳴らせた。

「ご飯、食べようか。ずっとこのままでもいいけど、君はお腹すいてるでしょ?」

ゆっくりと手を離した彼は、星南を見つめて微笑んだ。

彼の心臓に当てていた手を、慌てて反対の手で包む。

彼はさっと車から降りて助手席に回ると、ドアを開けてくれた。緊張してシートベルトさえ外していなかった星南は、スマートな仕草でそれを外してもらってますます硬くなる。

「ここのフレンチ美味《おい》しいから、きっと気に入ると思うよ」

そう言って彼が手を差し伸べてくれた。どうしようと思って、結局その手を取らずに車を降りた。

すると彼は、星南の手を取り店の入り口へと歩き出す。

「お、音成さん……あの？」

「なに？」

「音成さんは、その、慣れているかもしれませんけど、私、男の人と手を繋《つな》いだことないんです」

憧れの人に何を告白しているんだろうと、星南は恥ずかしくなる。

「そう。それは光栄だね。君の手小さいし、そそられるよ」

嬉しそうに笑った彼の顔は、テレビでよく見る笑顔だった。いつもその表情にキュンとしているけど、間近で見るともっとキュンとしてしまう。

彼は星南の手を離すことなく店の中に入った。スタッフは何も言わずに、二階の個室へと案内してくれる。

通された部屋は、完全な個室になっていた。フレンチレストランといえば、丸いテーブルに白いテーブルクロスというのを想像していたが、そこには素朴な木製の椅子とテーブルが置かれている。全体的にカジュアルな雰囲気で居心地がよさそうに感じた。

「ここは俺の友達がやってるレストランなんだ。一応創作フレンチになるのかな。いろいろ砕けてるから、緊張しないで楽にしていいよ。俺と同じ大学を卒業して、フレンチシェフになった変わり者だけど、味は保証する」

彼と同じ大学ということは、イギリスの大学だろう。

そんな経歴の人がどうしてと思う。けれど、目の前の怜思もまた、高学歴なのに俳優としてデビューして成功している人だ。

「あの……音成さんは、二十歳《はたち》の時にスカウトされて、モデルから俳優になったんですよね？」

「そうだね」

「どうして芸能界に入ろうと思ったんですか？　別の道を考えたりしなかったのですか？」

突然こんなことを聞くのは失礼かもしれない。でも、彼のことを知りたいと思う気持ちは、人一倍だ。その気持ちを抑えることができなかった。

この質問はこれまでいろんな雑誌でされてきたけど、その都度《つど》彼は当たり障《さわ》りのないことしか話していなかったから。

「はは、いきなり直球だね」

「す、すみません、つい……。私、ずっとファンなので、あなたに聞きたいことや知りたいことがいっぱいあるんです。けど……だからこそ、なんで私がこんな風に音成怜思さんとご飯に来ているのか不思議で、この状況が信じられないんです」

「なんでかなんて、君が好きだからに決まってる。女の子と食事なんて、君以外とは仕事でしか来たことないよ」

目の前で微笑む彼の言葉は本当だろうか、と少しだけ疑ってしまう。だって、この人は有名人だ。一般人である星南にどうして、と考えてしまうのは普通だろう。

看板にキスをしていたのを見て惹かれるなんて、ありえないと思うから。

「そうだね……芸能界に入ったのは、なんとなくだよ。期待外れで悪いけど、雑誌や取材で答えてきた通りだ。向いてなかったら辞めればいい、それくらいに思っていた。今でも、時々そう思う」

「え……本当ですか？」

そんなことになったら、かなり困る……

「ああ。演じてみたい役なら、それこそたくさんあるけど……意外と俺、中身は空《から》っぽだからね。……憑依《ひょうい》体質っていうのかな。巷《ちまた》では演技派なんて言われているけど、空《から》っぽの中身に何かを入れてるだけだから」

明るく何でもないことのように言うけれど、それはすごいことではないのか。

「天才気質というもの、ですか？」

「まさか！　こう見えて俺、努力の人だから」

そうしてぽつぽつと話しているうちに、オードブルが運ばれてきた。

綺麗に盛り付けられた前菜はとても美味《おい》しそうだ。

「はい、星南ちゃん」

差し出されたのはお箸《はし》だった。彼も箸《はし》を手に取り、いただきます、と食べ始める。

「私フレンチって初めてですけど……お箸《はし》で食べてもいいんですか？」

「だって日本人だからね？　知らない人も多いけど、フレンチレストランは言えば箸《はし》を出してくれるんだよ。それとも、ナイフとフォークの方がよかった？」

「いえ……上手《うま》く使える自信がなかったので、助かります」

「かしこまった場所じゃないし、気楽に食べよう。美味《おい》しいよ？」

怜思は綺麗な箸《はし》遣いで食べる。それに倣《なら》って星南も箸《はし》で料理を食べた。一口食べると、あまりの美味《おい》しさに、顔がパァッと輝いてしまう。

思わず今の状況を忘れて、料理をパクついてしまった。

「君は、あのビルで働く会社員？」

静かに問いかけられて、星南はハッとする。

「は、はい。えっと、一般職です。事務作業がメインですが、頼まれ事をいろいろとやってます」

「じゃあ、いつから俺のファン？」

星南は一瞬、言葉に詰まる。

「……小学生、の時から」

「え!?」

「あの……デビューの時からです。小学六年生の時、母が買ってきた雑誌に音成さんが写っていて……すごく素敵な人だなぁって……」

怜思が目を瞬《まばた》き、肩で大きく息をして椅子に凭《もた》れた。

「驚いたな……君いくつ？」

「二十五、です」

「あぁ……俺より八歳下か。君が小学生の時、俺は二十歳《はたち》か……。今成人してくれててよかったよ」

大人になれば、年の差はあまり関係なくなるというのは本当だ。

これが小学生と二十歳《はたち》の青年だったら大問題だけど、今の星南はどう見ても成人女性だ。八歳年上の怜思と付き合ってもおかしくはない。

次の料理が運ばれてきて、一時話が中断した。けれど、彼が自然と会話を促《うなが》してくれるから、星南も緊張しつつもいろいろと話をしていく。

「二年前の、ファンタジー映画がとても好きです。音成さんの演じた双剣使いがすごく素敵でカッコよかったです。私は、あれが一番好きですけど、最近の二時間ドラマも、ドキドキしました」

音成怜思の長年のファンとしては、たくさん話したいことがあった。でも、多すぎて逆に出てこない部分もある。

「そんなに目をキラキラさせて見つめられたら、もっと好きになりそうだ」

運ばれてきた料理を食べながら言われた言葉は、本当に自分に言われたことなのかと思う。

「あのファンタジー映画の撮影中は、毎日起き上がれないほど筋肉痛が酷《ひど》くてね。双剣使いの役で初めてワイヤーアクションやったけど……もう勘弁かなぁ」

彼は苦笑いを浮かべながら当時を振り返る。初めて聞く当時の裏話に星南は興奮した。

筋肉痛が酷《ひど》くてなんて言っているけど、彼のワイヤーアクションは海外ですごく評価されたのだ。彼はあの作品でたくさんの賞を貰《もら》って、世界に名前を知られることになった。

そんなすごい俳優さんが、どうして星南みたいな普通のＯＬを好きになったりするんだろう。

だって往来で看板にキスするなんて、いくらファンでも痛い行為と思われても不思議じゃない。

「あの、私のこと好きって、きっかけは何ですか？　好きというのが本当なら、教えてくれませんか？」

「君、話が飛ぶって言われない？」

彼は笑みを浮かべて、綺麗な所作で料理の最後の一口を食べた。そして、そうだなぁ、と頬杖をつきながら星南を見る。

「こうして見ると、君は優しくて可愛い顔立ちをした普通の子だと思う。一般的な意見としては、特別美人とは思われないだろうね」

そこで一度言葉を切った彼は、口元の笑みを深めた。そのまま腕を伸ばして、テーブルに置いていた星南の手に自分の手を重ね手首をキュッと握る。まるで逃がさない、とでも言うように。

「そんな子が、俺の看板にいつもキスしてる。そんな大胆なことをするようには見えなかったのにね。それに、君の笑った顔には優しさが溢《あふ》れていて……自然と、ああ、好きだなぁって思った」

星南は彼の言う通り、どこにでもいるごく普通の女だ。言われた仕事をして、時々ドジもやって、毎日をそれなりに過ごしている。それが星南の日常だ。

ただ、音成怜思のファンで、その気持ちがたまに行き過ぎるというだけで。

でも、その行き過ぎたところに彼は惹かれたと言う。

まさか何度も見られていたなんて恥ずかしくて堪《たま》らない。なのに、それがいいなんて彼も変だ。いや、相手は音成怜思なので、むしろ嬉しいけど……

何も言えずに考え込んでいると、目の前で苦笑された。

「君のことだから、これまで俺がどんな女優と噂になってきたか、全部知ってるんでしょ？」

おずおずと頷くと、星南の手首を握る手に少し力が込められた。

「ここだけの話、俺はね、その人たちのことを、好きだと思うことにしていたんだ」

「え……どうしてですか？」

「何をしても満たされない俺を、満たしてもらうために」

——何をしても満たされない？

彼の言う意味がよくわからなくて、星南は首を傾《かし》げる。

彼は、器用で何でもできると有名だ。

役作りはいつも完璧で、どんな職種の役柄でも難なくこなせると言われていた。

他にも、彼のピアノとバイオリンの演奏はプロ級で、映画やバラエティ番組でもその腕前を披露《ひろう》したことがある。すぐに評判になり、彼の名声は一段と上がった。

それに、英語はもちろん、フランス語とドイツ語もネイティブに話せて、海外でも通訳なしで活躍している。

そんな人が何をやっても満たされないとは、どういうことだろう。

「……やればそれなりにできるけど、全部中途半端だからね。舞台に立っていても、テレビに出ていても、どこか空虚に感じる。そういう時、その空虚感を誰かに満たしてほしいって思うんだ。俺はね、世間で言われているより、ダメな男なんだよ」

彼は、こんな話を星南にしていいのだろうか。

星南はただの一般人で、このことを誰かに話すかもしれない。もちろん、星南は絶対に言わないけれど、彼はそんな自分を知らないのに。

さっきからすごくドキドキしている。心臓が破れてしまいそうだ。

初めて見る素の彼に、心が急速に惹かれていくのを感じる。

不思議なことに彼の告白を聞いても、幻滅したり嫌悪感を抱くことはなかった。他のファンがどう思うか知らないけど、少なくとも星南は、彼も毎日を懸命に生きているのだと思ったのだ。

モデルとしても成功している美しく整った外見、誰もが認める演技力を持った人気俳優。なのに彼は、そんな自分に空虚感を抱いているという。

どうしてそんな風に思うのだろう。彼は彼というだけでとても素晴らしいのに。

「ダメな男なんかじゃないです！　音成さんは、素敵な人です」

「本当にそう思う？　今の話を聞いても？　俺はね、初対面の女の人とも、きっかけがあれば平気で寝られる男だよ？」

なんで、わざと自分を卑下《ひげ》するようなことを言って笑うのだろう。

「そんな言い方しないでください。きっと……何か、理由があってのことじゃないですか」

それだけ彼は、表に出せないいろんな思いを抱えているのではないかと、星南は思ってしまう。

星南の言葉に、怜思は一度目を閉じて、にこりと魅力的な笑みを浮かべた。

「理由なんてないよ」

綺麗な笑みを浮かべる彼の本心がどこにあるのか、星南にはよくわからなかった。

星南のことを好きだと言ったのも、彼からしたら空虚感を埋める行為でしかないのかもしれない。

でも彼は、最初に自分を、真面目《まじめ》で努力の人だと言った。

だったら、理由もなく誰とでも寝たりはしないのではないか。

経験のない星南には想像することしかできないけど、彼は人肌に癒《いや》しを求めているのではないかと思った。

星南だって酷《ひど》く落ち込んだ時、怜思の映像を観て癒《いや》されたりするから。こんな人が優しく抱きしめてくれないかな、と考えることだってある。

芸能界っていろいろ辛いことがありそうだと常々思っていたけど、本当にそうなのかもしれない。

「音成さんは、すごく真面目《まじめ》で真摯《しんし》な人です。それは、演技を見ていてもわかります。だから、理由なくそういうことをするとは思いませんし、私には素敵で魅力的な人に見えます」

「ははっ！　今の話を聞いて？　君、純粋すぎるよ」

彼は星南の言葉を明るく笑い飛ばす。それを見て、なんで笑うんだろうと思った。

人は理由なく行動しないと星奈は思っている。だから、きっと何かがある、そう感じた。

「だって、撮影中は役にのめり込んだりすると聞きました。そういう時、寂しかったり、悲しかったり、悔しさとか辛さって、誰にもぶつけられないんでしょ？」

「そんなことないよ。マネージャーにはいつも愚痴《ぐち》ってばかりだ」

変わらない笑みを向ける彼に、こんな時でも俳優なんだな、と思った。

「じゃあ、聞きますけど……私もそういう相手にしたいんですか？」

たとえすぐ終わる関係だとしても、ずっと好きで憧れていた音成怜思と、そういう時間を持てることは幸せだと思う。彼の言う大人の恋愛が、自分にできるかわからないけど、少しでも彼を癒《いや》せるなら星南は側にいることを選ぶだろう。

「はっきり言うね。君はしっかりしてるな、意外と」

彼は笑みを消して、大きくため息をついた。

最後の料理が運ばれてくるのを見ながら、彼は掴《つか》んでいた星南の手を離す。

「すみません……勝手なことばかり言って」

「別に気にしてないよ。……そうだな、君の言う通り、音成怜思を愛する人は多いけど、みんな明るい俺が好きなんだよね。困ったことに」

そう言って浮かべた笑みは、さっきまでと同じようで少し違った。

彼はもう一度ため息をついて、星南を見つめる。

「……君はさ、いつか俺と寝ることができる？」

いきなり聞かれたそれに、顔が熱くなってくるのがわかる。

「それは……」

「俺は、君と寝たいよ」

きっぱり言われて、心が震える。これは、ずっと憧れていた人からの言葉だから、だけじゃない。

普通の会社員で、育ちも普通の星南を、彼はたくさんの人の中から見つけてくれた。

それを心から嬉しいと感じる。異性に対して、こんな風に思ったのは生まれて初めてだった。

もし彼と、一夜を過ごしたら、死んでもいいと思うかもしれない。

それくらい、彼が好きだった。

さっきみたいな話をされても、星南の心は揺るがない。

それどころか彼は、わざと言っているのではないかとさえ思った。まるで星南を試《ため》すように。

もしかしたら、理想の音成怜思とは違うと幻滅させるつもりだったのかもしれない。

でも、星南は幻滅しなかった。

なぜだかわからないけど、彼を信じられる。

それを見越したように、彼がにやりと口元を歪《ゆが》めた。

「君の好意に付け込んで、ファンサービスとか言いながら、押し倒すかもしれない」

そんな彼を見て、星南はクスッと笑った。

「そんなことしないでしょう?」

「わからないよ?」

「しないと思います」

きっぱり言い切ると、彼は晴れ晴れとした綺麗な笑みを浮かべた。

「だから君が好きなんだよ。俺を愛する人はたくさんいるけど、俺を心から信じてくれているような可愛い姿に惚《ほ》れたんだ」

はぁ、と息を吐いた彼は、少しだけ視線を下げた。

「君ならどんな俺でも愛してくれるんじゃないかって、思っていた。だから、らしくもなくストーキングしたり、思い切って声をかけたりしたのかもしれない」

再び顔を上げた彼は、まっすぐに星南を見つめる。

「要するに、本気で付き合いたいんだよ、君と。簡単な付き合いじゃなくて、ただセックスするだけの関係でもなくね。こんな感情は俺も初めてでね……今は君を抱きしめたい気分。でも、できれば、早く君と繋《つな》がりたい」

真摯《しんし》に向けられる彼の気持ちに、痛いくらいに胸が高鳴る。

「片思いって、本当に、ストーカー行為と紙一重《かみひとえ》だ。君のことが何でも知りたい。毎日どういう風に仕事をしているのか、嫌なことはないのか。好きな音楽は何で、どんな雑誌を読むのか。本は読むのか。……どうしてそんなに、俺のファンでいられるのか。君のすべてが知りたい」

「……そ、そんな、あの……」

彼の視線に、息が苦しくなってくる。

すべてが知りたいなんて言われたのは、生まれて初めてだ。

どうしようもないときめきと同時に、今すぐ彼の声を録音したい衝動に駆られる。

星南は音成怜思オタクと言っても過言ではない。彼の言うように片思いがストーカー行為と似ているなら、星南の感情もまさにそれだと言える。

「星南ちゃんは俺のファンかもしれないけど、メディアに出ている音成怜思じゃなく、目の前の俺自身を見ようとしてくれてる。でもさ、そんな風に俺自身を見てくれる相手って、家族以外じゃいないって知ってた？　親身になってくれる人はいるけど、やっぱりみんな、結局は作られた俺しか見ていない」

もしかしたら、本当の音成怜思は寂しい人なのかもしれない。

でもそれを表に出さず、彼はみんなの求める音成怜思として懸命に生きているのだろう。

時に、誰にも言えない思いを発散するために誰かと一緒に過ごすことを、星南は否定できない。たとえそれが、星南にとっては傷つく関係だったとしても。

「私、本当に普通だし……音成さんの空虚感をすべて満たすようなことはできないと思いますよ？　今までちゃんとしたお付き合いなんてしたことありませんし、子ども過ぎて嫌になるかもしれない。それに私は、あまり明るい性格ではないし、すぐにいろいろと考え込んで落ち込んだりしますし……」

「そう。じゃあ、付き合ったら明るいのは俺の担当ってことだね」

にこりと笑った顔はいつもの怜思だった。

それにドキュンとしたのは、ファンの心情ゆえか。

「本当はね、楽観主義なんだよ。だから軽い気持ちで芸能界に入って、後悔してる部分もあるわけなんだけど。だから、いろいろ考え込んじゃうくらいしっかりしている君となら、つり合うんじゃないかな？」

ふっと笑いながら言う彼は、テレビで見る優しい音成怜思の顔をしていた。

「で、でも、一般人と芸能人ですよ？　本当に？」

「本当に。大丈夫、プライベートの付き合いは、事務所も了承済みだから。まあ……結婚はすぐにはできないけど、俺も君もいい年だし、これから前向きに考えるとして……」

「ちょっ！　そんな、け、結婚って、そこまで話が、飛ぶんですか⁉」

音成怜思と結婚なんて、飛躍しすぎだ。それに、もし彼と結婚なんてしたら、きっと星南はずっとドキドキしていて、毎日どう暮らしていいかわからなくなるかもしれない。

「君だって話が飛ぶじゃない。似た者同士だね？」

首を傾《かし》げてにっこりと笑う綺麗な彼に、目がチカチカしてしまう。

「まあ、それくらい君を愛する自信があるってこと。だから、俺と付き合ってよ、星南ちゃん」

優しい声でそんなことを言われて、頷かないファンがいたら教えてほしい。

でもファンだからとかそれ以前に、彼のことを知りたいと思う星南がいた。

「私、迷惑かけると思いますよ。ちゃんとしたお付き合いをするのは初めてなので」

「俺の方が迷惑をかけると思うよ、芸能人なので」

星南の言葉を真似てそう言った彼は、もう一度手を伸ばして星南の手を握った。

「そうか、バージンか……。今から楽しみだ、君を奪う瞬間が」

彼の目が熱を帯びているのがわかる。彼がこんな目で誰かを見つめるシーンを見たことがあった。けれど、それとは比較にならないほど、今の彼は色っぽい男の顔をしている。

星南は怜思から目を離せない。無意識に呼吸が浅くなって、言葉をなくしてしまう。

もうそういうコトが約束されたようなお付き合い。

大人のお付き合いである以上は、避けては通れないこと。

ただ、彼の言い方があまりに直球すぎて困ってしまう。

「次のデートはどこに行きたい？」

次の約束があることに、ドキドキして。

こんな非日常が自分の日常に起こるなんて、本当に奇跡だ。

そう心から思う星南だった。

5

彼と初めて食事デートをした約一週間後。星南は再び彼からデートに誘われた。

その間にもメールと電話が二回。星南が緊張して上手《うま》く話せず、会話はあまり弾まなかったものの、大好きな人の声を聞ける夢のような時間だった。

彼は二回目の電話で、少しためらいがちに、よかったら水族館に行かないかと星南を誘った。あの音成怜思が、そんな風に誘ってくるとは思わなかったので少し驚いた。

正直、どうしようという気持ちもあったけど、星南はデートを承諾した。

彼はホッとした様子で、日時を告げて電話を切った。

それから大変になったのは星南だ。服をどうしようと、急いでクローゼットを開ける。

あまりに経験がなさ過ぎて、デートに何を着ていけばいいのかわからない。

彼はそこにいるだけで目を引く素敵な人だから、隣にいても大丈夫なようにと考えると、いちいち悩んでしまう。

結局、お店の人に相談して、可愛くて安っぽく見えない服を買った。髪型は、ネットでいろいろ検索した結果、ダウンヘアーで服に合わせた飾りピンをつけた。

そうして、迎えたデート当日。

約束の場所にはすでに怜思が来ていた。今日の彼も、ややつばの広い中折れ帽子と黒縁眼鏡をかけている。おずおずと近づくと、彼は顔をほころばせて星南を可愛いと褒《ほ》めてくれた。

ホッとしたと同時に、目の前にいる彼にドキドキするのだった。

「イルカって芸達者《げいたつしゃ》だよね。でもあれ、普段の生活でもやってることらしいけど」

二人は並んで水族館のイルカショーを見ていた。どんなに帽子や眼鏡で隠しても、彼の背の高さやスタイルの良さまでは隠しきれない。だから、あれってもしかして、みたいに振り返ってくる人も少なくない。

「さっきからどうしたの？」

彼は星南の周囲を気にする仕草が気になったらしく、顔を覗《のぞ》き込んでくる。

「あ、いえ、周りに気付かれたら、と思って……」

「大丈夫。堂々としていた方が声をかけられない」

でも、と思ってふと視線を移すと、星南はこちらを見ている人とばっちり目が合ってしまった。すると彼は、その視線の先を見て軽く唇に人差し指を当てる。そして、固まっていた星南の顔をクイッとイルカショーに戻した。

「そんな風にキョロキョロしない。せっかくイルカが頑張っているんだから」

こういう時にも動じたりせず自然体でいる彼は、やっぱりすごい。

同時に、隠したところでにじみ出てしまう彼のオーラは、さすがだなと感心した。

「間近で見ると結構迫力があるね。いつかイルカウォッチングも行ってみたいな」

楽しそうにショーを見ている彼は、テレビで見るよりも表情豊かでカッコイイ。この期《ご》に及んで、まだ今の状況が信じられない気持ちが湧いてくる。

大好きな音成怜思とデートしているなんて、そうそう信じられることじゃない。

ショーの間、星南は隣にいる彼を意識してしまって、なかなか集中できなかった。

イルカショーが終わり、見物客たちが続々と立ち上がり出入り口に向かって行くのをぼんやり眺める。そこで彼は星南に笑顔を向けて、話しかけてきた。

「久しぶりに見たな、イルカショーなんて。楽しかった？　星南ちゃん」

「あ、はい。もちろん、です」

星南のどこかぎこちない言葉を聞いて、怜思が首を傾《かし》げた。

「あれ？　もしかして、水族館、イマイチだった？」

慌てて首を振って、そんなことないとアピールした。目ざとい彼に内心焦りながら笑みを浮かべてみせる。

「本当のこと言えばいいのに」

クスッと笑った彼は、星南の頬を人差し指で軽く突《つつ》いた。

そんなドキドキするようなことをされたら、星南の顔が赤くなってしまう。

「水族館は苦手？」

じっと顔を覗《のぞ》き込んでくる彼の目に逆らえず、星南は本当のことを言う。

「……すみません、せっかく連れてきていただいたのに」

「ちなみに、どこがダメなのかな？」

「……暗くて青い空間にずっといると、気分が悪くなってしまうんです」

「………」

瞬《まばた》きをして少し驚いた顔をした彼は、一度上を仰ぎ見る。

「それは悪かった。俺、水族館ってみんな好きなんだと思ってた。今は、大丈夫？」

「はい。ここは外なので、平気です」

失敗した、と心の中で大反省。彼はきっといろいろ考えてここに連れてきてくれたのに、気分が悪くなってしまうなんて、最悪だ。

「帰ろう、星南ちゃん」

「……いえ、大丈夫です。あの……すみません」

「どうして？」

思わず謝罪した星南に、怜思は不思議そうな顔をする。

「わがまま言ってます。せっかく連れてきてもらったのに」

「君がわがままなら俺はもっとわがままだな。この後は予定変更して、ドライブして夜ご飯を食べようか。付き合ってくれる？」

そう言って星南の手を引いて立ち上がらせた怜思は、柔らかく微笑んだ。

「俺、デートスポットってよく知らないんだ。水族館とか、映画館とか館がつく場所なら外れないと思ってた。君の好みを聞かずに決めて、ごめんね」

彼が謝る必要なんてない。星南は首を横に振って、ぺこりと頭を下げる。

「そんな、私の方こそすみません」

「全然。さ、行こう、星南ちゃん」

星南ちゃん、と呼ぶ彼の声がくすぐったい。

周囲からの視線なんか気付いてもいないように、彼は星南と手を繋《つな》いで歩き出す。途中、どうしても室内を通らないといけない時は、優しく声をかけて星南を気遣ってくれた。

こんなに素敵で、メチャクチャ優しいなんて……

星南は、音成怜思という人にさらに惹かれていってしまう。

「音成さんは、すごく大人で優しいですね」

「そう？　ありがとう。でも俺、女の子にはそんなに優しくないんだよ。今まで、適当なお付き合いしかしてこなかったし」

そんなことなさそうに思える。だって、始終笑顔を絶《た》やさない彼は、たぶん気遣いの人だ。

だから星南は、思ったことをそのまま伝えた。

「それはさ、俺、芸能人だからね。笑顔は当たり前のツールでしょ？」

そう言ってニッコリ笑う彼に、星南も笑みを浮かべた。

「私には、そう見えません」

「……そっか」

彼は星南の手を少し強く握った。

「本当にね、俺は今まで女の子と適当に付き合ってきたんだ。でも、君とはそうしたくない。デートはどういうところに行きたい？　ショッピングは好き？　教えてほしいな」

彼がいつもと違う素の笑顔を浮かべた気がする。

相変わらずキラキラしているけど、それが嬉しかった。

「館がつく場所なら、図書館が好きです」

「……はは！　俺も好き。これでも、元ガリ勉野郎だからね」

破顔した彼はすごくキュートで魅力的だ。

こんなに間近で音成怜思を見ることができる幸せを噛み締め、星南は心臓をドキドキさせる。

「じゃあ今度は、図書館でデートしよう。ランチはサンドイッチとか、ハンバーガー。どうかな？」

星南は空《あ》いている方の手で片目を隠した。あまりにも眩《まぶ》し過ぎて目がチカチカするというか、本当にこんなことが現実に起こっている事実が、信じられない。

それでも……

「楽しみです」

満面の笑みを浮かべる。だって、この人のことを知るたびに好きだと思うから。

完璧な外見に隠された、繊細《せんさい》な感情を持つ怜思。飄々《ひょうひょう》としているようで、その実、とても努力家なのだと言葉の端々《はしばし》から伝わってくる。

「やっぱり、勉強すごく頑張ってたんですね」

「そうだよ。でも、テレビではそんなこと言わないけど。本当は、バイオリンもピアノもすごく頑張った。中学までは音楽学校に通ってたけど、そっちの才能は俺にはなかったみたいだ」

明るく言って、彼は星南を見つめる。

「君はどうして、俺のことがわかるんだろうね？」

「私じゃなくても、わかる人はいっぱいいますよ」

「でも、看板にキスするほど、俺のことを好きじゃない人ばかりだ」

彼は繋《つな》いでいる手を持ち上げて、星南の手の甲にキスをした。

「もっと君のこと知って、親密な関係になりたい……好きだよ」

星南を見つめる彼の目は優しい。嘘はないように思える。

こんなに普通な星南の身の上に起こっている夢みたいな事実。でも、どこか足下がフワフワしていて、やっぱり夢なのかもしれないと思う時がある。

「音成さん」

人が少ないので、星南は彼の名を小さな声で呼んだ。

「なに？」

私も好きです、と言おうとした。でも、やめた。

「図書館、楽しみです。どんな本が好きなのか、教えてくださいね」

衝動的に言ってしまわなくてよかった。

彼から向けられる好意に嘘はないのかもしれない。二人が付き合っているのも本当なのだろう。

だけど、俳優の音成怜思には、これから先にも、たくさんの選択肢があるのだ。

仕事を選ぶことも、星南以外のキレイな人を選ぶこともできる。

「もちろん。任せて」

笑顔の彼が大好きだ。

ずっと見ていたいと思うし、できればこの夢が覚めないように、と願う星南だった。

☆　☆　☆

「日立さん、コレ十部コピーお願い」

「はい」

翌週、星南は上司からいつもの仕事を頼まれ、いつもと同じように処理する。

「日立さん、頼める？」

席に戻った途端、そう言って差し出された書類。もちろん、どうすべきかは何も言われずともわかる。この書類の内容をデータに打ち込んで、統計を取っておいてほしいということ。

「はい。他にもありますか？」

「大丈夫。助かるよ、ありがとう」

そう言われれば、仕事に対するモチベーションが上がる。

これが星南の日常で、いつものルーチン。この先もきっと、同じ毎日が続いていくのだろう。

けれど――

彼といるとその現実があいまいになる。

「星南ちゃん、最近楽しそうね」

ふいに話しかけられ、星南は瞬《まばた》きをして隣のデスクにいるエリコを見た。

「そうですか？」

「うん、仕事も早いし、最近は残業しないように頑張ってるし……彼氏でもできた？」

その言葉に、星南は思わず顔を伏せてしまう。

「もしかして、図星？」

「あ……彼氏、なのかどうか、わからないんですけど。たぶん、そうです」

たぶん？　と言ってエリコが笑った。

「なあにそれ。まだ付き合っている実感が湧かないとか？」

「それも、あるんですけど……私には、もったいないような人なんです。なんで私のことを気に入ってくれたんだろうって、いつも思ってて」

仕事の手を動かしながらそう言うと、エリコもまた仕事をしながら答えた。

「そう……。でも、付き合ってほしいって言われて、返事をしたんなら、付き合ってるんじゃない？」

確かにそうだ。でも、ちゃんとしたお付き合い自体が初めてだし、相手が相手だけに実感が湧きにくいというのもある。

だけど、見たことのない彼を知るたびに、もっと本当の彼を見てみたいと思うのも確かだ。

「そう、ですね。私は好きですし……相手もそうだと思うけど、現実が非現実的過ぎて……」

自分でも何を言っているのかと思う。

もっと気持ちを確かめ合えればいいのかもしれないが、奥手な星南は上手《うま》く言えないだろう。自分にもっと経験があったら、こんなに悩まないのかもしれない。

いや、やっぱり悩みは尽きないだろう。

だって彼は、抱かれたい男ランキングで、三年連続一位を取って殿堂入りした音成怜思だ。しかも、人気俳優ランキングにも殿堂入りを果たしている。

「まぁ、でも、星南ちゃんが付き合うくらいだから、音成怜思よりイイ男なのね？」

星南は思わず書類を取り落とし、バサバサと床にばらまいてしまった。慌てて席を立つと、隣にいるエリコも、大丈夫？　と言いながら一緒に拾ってくれた。

「すみません！」

「いいのよ。動揺するほど素敵な人なのね。どんな人？」

拾い終わった書類を星南に手渡し、デスクに戻ったエリコは興味津々《きょうみしんしん》で聞いてくる。

星南は拾った書類を綺麗に整えながら、しどろもどろになって答えた。

「その、優しくて、明るくて、話し方の落ち着いている、大人の男性です」

「もしかして、背が高くて顔も整ってたりする？」

星南が音成怜思の筋金入りのファンだとエリコは知っている。だからそう言ったのだと思うが、つい顔を赤くしてしまった。

「……はい」

星南の返事と表情にあらまぁ、とつぶやいたエリコは、すぐにニッコリと笑った。

「よかったわ。音成怜思以外の男は目に入らなかったのに、星南ちゃんが好きになった人は本当に素敵な人なのね」

「……だから、私が釣り合っていないんです」

気を取り直してパソコンに向き合う星南に、エリコが不思議そうに尋ねる。

「どうして？　星南ちゃんは可愛くていい子よ。仕事に向き合う姿勢は真面目《まじめ》だし、きちんとしてて人受けがいいから、みんな星南ちゃんに頼むでしょ。笑顔が優しくて可愛いってひそかに男性社員のファンがいるのよ。そんな子に彼氏がいないってことの方がびっくりするわ」

エリコが語った星南は、本当にいい子に思える。そんなことないのに、とさらに顔が赤くなりそうだった。

「星南ちゃんの彼、見る目あるわ。こんなに素敵なあなたを見つけたんだからね。人って自分にないものを欲しがるって言うけど、星南ちゃんの彼は、あなたの中に欲しいものを見つけたのかもしれないわね」

まあ、そうじゃない人もいるだろうけど、と付け加えて、エリコは書類を片付けながら星南を見た。

「大丈夫よ、自信を持って。不安に思うことがあったら、遠慮せず彼に言ってみたらいいわ。そうやって、少しずつ付き合っていくって実感していくのもいいと思うし……ふふ、もしかしたら、一気に盛り上がっちゃうかもしれないしね」

盛り上がると言われて、彼に抱きたいと言われたことを思い出す。

何もかもが初心者の星南には、大人のお付き合いは未知のことばかりだ。

それでも星南は彼が好きだと言える。彼と話すようになってまだほんの少しではあるが、恋をしている自覚があった。

もともとファンだったから当たり前と言われればそれまでだけど、怜思の人柄や心に触れるたびにどんどん好きになっている。

音成怜思は、星南が思っていた通りの人だった。

素敵で大人な男の人。いつも笑みを浮かべて、真摯《しんし》で優しい人。

なぜ自分がという思いは捨てきれないけれど、彼に惹かれていく気持ちを止められない。

本当の彼をもっと見てみたいと思う。

次の約束をしないまま、彼からの連絡を待つことしかできない星南だった。

☆　☆　☆

自分から彼に連絡をしていいのか、いつも迷う。だから毎回、星南は彼からきたメールに返信するだけになってしまうのだ。

彼からのメールは、たくさんくる。一日に一度は送ってくれるし、たまに仕事風景の写真が添付されていたりする。それは、彼のSNSに載せている写真や、同じ時に撮影したであろう別の写真だったりした。見ていると結構楽しそうで、会えない星南はちょっと羨《うらや》ましい。

初めてメールにプライベートの写真や、他の芸能人と一緒に写っている写真が添付されてきた時、思わず手を口に当てて驚いてしまった。

彼のSNSは、もうずっとフォローしている。コメントを残すことはしないけど、毎日のようにチェックしていた。

怜思と付き合っていることがまだ信じられない反面、彼のプライベート写真をこっそりと何度も開いてみてはドキドキしている。もちろん、保存して消さないようにロック済みだ。

自分も写真を送った方がいいのだろうかと思うけど、彼の迷惑になってしまうかもしれないという不安がある。だから、結局、自分からはあまり積極的にメールを送れずにいた。

本当は、直接怜思に会いたい。

でも、短いメールの端々《はしばし》に忙しそうな雰囲気が表れていた。それじゃなくても多忙な彼に、会いたいと伝えるのはわがままなように思うから。

エリコは、不安なことは遠慮せず言えばいいと言うけれど、やっぱり考えてしまうのだ。

「大丈夫。私には、あの看板があるし！」

彼を仕事帰りに見ることができる。それだけで前向きになれる。

自分で自分を励《はげ》ましながら、今日も仕事帰りに彼の看板を見に行く。だけど……

「あれ？」

そこには知らない外国人モデルが、同じブランドの服を着てポーズを決めている。

「そっか……このブランドとの契約、辞めたんだぁ」

もしかしてと思って、背後のビルの大きなモニターを見ると、見たことのないＣＭが流れている。同じメーカーのＣＭらしいのに、映っているのは音成怜思ではなかった。

今までは、彼から送られてきた写真や、通勤途中の癒《いや》しがあったから、会えない間の音成怜思不足を補うことができていた。

でも、今日からはそれができないらしい。

「そっか、辞めちゃったんだ……」

ものすごくカッコよかったのに。

そう思いながらも、もともと三ヶ月契約だったと言っていたのを思い出す。何度か契約を延ばしたと言っていたことも。彼の仕事は多岐《たき》にわたるので、仕方がないと思った。

「残念……」

「そうかなぁ。俺は、あんまり好きじゃなかったから、よかったんだけど」

突然頭の上から降ってきた声は、ずっと会いたいと思っていた怜思のもの。

慌てて振り向いた星南に、帽子を目深《まぶか》に被り直した彼がにこりと笑った。

「驚いた？　今日は少し遅かったね。仕事忙しかったの？」

「……あ、あなたの方が、忙しそうでしたけど」

「まぁそれなりにね。行こうか」

自然と手を握られ、ゆっくりと引かれた。星南は何も考えず彼について行く。

男の人の手は大きいんだと、改めて感じた。こんな風に手を繋《つな》いだのは彼が初めてだ。

星南の手を包み込む彼の温もりに、安堵と喜びを感じる。しかも音成怜思だという幸福感が、星南の心をいっぱいにした。

「どこに行くんですか？」

「すぐそこの駐車場に車を停めてる。一度、家に帰って取りに行ってきた。今日は、このままウチに来ない？」

音成怜思の家、と聞いてドキッとする。

それと同時に、今まで男の人の家に上がったことがない星南に緊張が走った。

「あ、でも……遅いし、迷惑じゃ」

「迷惑じゃないよ」

彼は足を止めることなく星南を見て微笑んだ。手を引かれるまま、星南も歩く。

「それとも来たくない？」

駐車場が見えたところで、少し歩を緩《ゆる》めた怜思が星南に言った。

目の前の車のライトが二回点滅する。

「なら、どこかでご飯でもしようか？」

駐車場の前で足を止めた彼が、星南の頭を撫でた。

「あの、行きたくないわけじゃなくて、私、その、男の人の家に上がるの初めてで……」

恋愛というものに、否応《いやおう》なく引っ張られている気がした。だけど、自分のような奥手な女には、これくらい強引な方がいいのかもしれないとも思う。

ましてや相手が憧れの人ならなおさら。

「俺、思ったより余裕ないみたい。もうちょっと、我慢できると思ってたけど……君の顔を見たら無理っぽい」

そう言って笑った彼は、何かを我慢しているようには見えなかった。

「何を我慢してるんですか？」

きょとんとして問いかける。

彼は、ははっ！　と笑って、星南の手を引っ張って車まで連れて行った。助手席のドアを開けて星南を乗せると、自身も車に乗り込みシートベルトを着ける。

「星南ちゃんもシートベルトしめて。俺が捕まらないように」

そう言われて、慌ててシートベルトを着けた。

「ずっと連絡できなくてごめんね。今日、急に時間が空《あ》いたんだ。少しでも君と一緒にいたくて、迎えに来ちゃった」

綺麗な形をした目でじっと見つめられると、素直に頷いてしまう。

ファンというだけでなく、この人の声や仕草、それに話し方が好きだと思った。

「会いに来てくれて、嬉しいです」

「よかった」

そう言って彼は車を動かし駐車場を出る。

「星南ちゃん、あの看板の前でいつも立ち止まってるよね。でも、俺、あのブランドの

「モデル辞めたから」

「そうなんですね。会社帰りにいつも見られるから、毎日の癒《いや》しだったんですけど……」

星南の癒《いや》し発言に、彼はちょっと笑った。

「実はあのブランドの服、デザインがあまり好みじゃなかったんだ。割と細身だから、身体を合わせるのも大変だしね」

そうなんだ、と思いながら耳を傾ける。

俳優としての仕事の合間にＣＭやモデルの仕事もしていたら、確かに大変だっただろう。

「でも、君がいつもあそこで俺を見てたから、ちょっと迷った。だけど、今はこうして直接会えるからね……君がよく見ていたＣＭのオファーもきていたけど、今回はスケジュールがきつかったから」

そんな中でも、星南に連絡を入れてくれていた彼に頭が下がる思いだ。星南の仕事より、きっとずっと忙しかったはずなのに。

「やっぱり音成さんは、努力の人ですね」

「凡人だからね。少しは努力しないと」

芸能界で常にトップの人気を維持している人が、凡人なわけない。星南は首を横に振った。

「音成さんは、凡人なんかじゃないですよ。誰より素敵な人です」

「ありがとう。でも、君が見てなきゃ、あのモデルの仕事もＣＭの仕事も、もっと早くに辞めてたかもしれない」

そう言ってチラッと視線を向けてきた彼に、星南の心臓が跳ね上がる。まるで星南のために続けていたと言われたみたいだ。それと同時に、ある懸念《けねん》が浮かぶ。

「音成さん、無理してたんですか？」

「ほら、俺、君のストーカーだったでしょ？」

ニヤリと笑った彼は、信号で車が止まった際に星南へ顔を向けた。

「君が見ていると思ったら、少しくらい大変でも頑張れた」

まるで、星南のことがずっと好きだったみたいなことを言う。

勘違いしても、おかしくない状況。

彼の言葉を信じたい気持ちがある。でも、彼は芸能人だ。すべてを信じ切るには、どうしてもまだ不安がある。

「……どうして、私にそんな。音成さんの周りには、美人な女優さんとか、素敵な人がたくさんいるのに……」

だからって、試《ため》すような言い方はいけないと思うのに……つい言ってしまった。

こんなことを言う女は面倒だと思われても仕方がない。

「星南」

びくりとして顔を上げると、彼に肩を引き寄せられた。

肩に置かれた手から彼の体温を感じる。星南は瞬《まばた》きをして、ゆっくりと息を吐いた。

たったこれだけのことなのに、気持ちが落ち着く。だけど今度は、目の前にある綺麗な顔に星南の心臓がドキドキと大きく脈を打ち始める。

彼は帽子を目深《まぶか》に被り、黒縁眼鏡をかけたままだ。

だからきっと彼が音成怜思だとすぐに気付く人はいないだろう。

でも彼は、もし写真に撮られたら大変なことを星南にした。

「音成さ……っん」

唇同士が重なっている。啄《ついば》むように吸われて、その柔らかさに星南は思わず目を閉じた。

その直後、大きなクラクションが聞こえて、ハッと目を開く。

現実に引き戻された星南の目の前に、にこりと笑う彼がいた。

「うるさいなぁ、もう……大切なラブシーンなのに」

そう言いながら車を動かす彼は、何事もなかったみたいだ。

俳優である彼のキスシーンは何度も見たことある。もしかしたら今のキスも、彼にとってはそれらと同じ感覚なのかもしれない。ぼんやりとそんなことを考えていると、横から声をかけられた。

「唇、かさついてるね。あとで俺のリップ貸してあげる」

その言葉に赤面し、星南は思わず両手で唇を隠す。

乾燥して荒れた唇が、ものすごく恥ずかしかった。

気まずい沈黙の中、車は流れるように進んでいく。彼の運転はとてもスムーズで、落ち着いた感じがした。こうしたところからも彼の性格が窺《うかが》える気がする。

「芸能人の言うことなんて、すぐには信じられないよね……やっぱり」

しばらくして彼がぽつりと言った。

さっき、試《ため》すみたいな言葉を言ってしまったことについてだとすぐにわかる。

「ドラマなんて全部嘘の世界だし、俺が演じている愛やら恋やらも全部嘘だからね。そんな俺の言葉をすぐに信じられないのは当然だ」

確かにドラマはフィクションで作り話だ。でも、それにリアリティを求めてみんな観ている。

「そういうわけじゃないんです。……ただ、看板にキスをしていただけの私に、どうして音成さんが興味を持ったりしたんだろうって。……もし、他の女性がそうしていても、同じように興味を持ったんだろうかって考えると……何だか……」

「他の子がキスしているのも見たことあるよ」

間髪《かんはつ》を容《い》れずにそう言われて、思わず首を傾《かし》げる。

「え？」

「だから、あの看板。君を見つけたあと注意して見ていたら、まぁ、少数だけど、他の女の子もしていたよ。たまに男もいたけど。それは、看板に限った話じゃないけどね」

笑いながら何でもないことのように言う彼に、星南は目を丸くした。

「男の人も、ですか？」

「うん。俺のことが好きな男は結構いるんだよ。芸能人だし、そういう対象になるのは承知の上だからね」

前を向いていた彼は、チラリと星南を見てウインクした。

「だから、君みたいなことをする人は結構いるんだ。それ自体は特別じゃないし、別に驚かない」

そうなると、ますますどうして私が、と思ってしまう。

美人で素敵な人をいくらでも選べる環境にいる彼が、普通の会社員の星南を選んだ理由がちっともわからない。

「どうして、私、なんですか？」

「君の優しい笑顔に、目を奪われたから。きっかけは、それだけ。でも実際の星南ちゃんは、すごくいい子だったし、顔立ちも可愛くて俺の好みだったから、もっと好きになった」

自分で聞いておきながら、その言葉に呼吸が苦しくなってくる。胸が痛いくらいに高鳴って、鼓動が彼にまで聞こえてしまうのではないかと思った。

彼の笑顔は星南の癒《いや》しだ。彼の微笑みを見るだけで、何か嫌なことがあってもどうでもよくなる。

だからこそ、彼の言うことが嘘には思えなくなっていた。

同時に、そう感じる自分の心を信じたいと思う。

そんなことを考えているうちに、車が高層マンションの地下に入っていく。きっとここが怜思の家なのだろう。

ちらりと見ただけだけど、ものすごく立派で、星南には一生縁のなさそうな場所だ。

彼は慣れた様子で駐車場に車を停めると、星南をまっすぐに見つめた。

「すぐには信じ切れないのも当然だけど、君には信じてほしい。これでも結構、なりふり構っていられなくなってるんだ。それこそ、ブランドモデルの契約期間を延ばしてみたりね」

それが本当だったらすごいこと。

「本当に……？」

「本当に」

そう言って彼の顔がゆっくりと星南に近づいてくる。怜思の綺麗な顔が間近にあることに、緊張が高まるが、ずっと見ていたいとも思った。

「キスする時は、目を閉じて」

苦笑した怜思が、星南の目蓋《まぶた》に触れて目を閉じさせた。

彼の指が星南の鼻筋を滑って、唇に触れる。最後に星南の頬が包まれたと思ったら、唇に柔らかいものが触れた。

彼との二度目のキスに戸惑う。経験のない星南には、こういう時どうすればいいのかわからない。

でも彼に身をゆだねていれば、いいのだろうと思った。

彼は優しく星南の唇を啄《ついば》み、柔らかくそこを吸う。

「ん……っ」

知らず、甘い声が出てしまい、恥ずかしくなった。そうこうしている間に、唇の隙間から彼の舌がゆっくりと侵入してくる。

これがディープキスというやつなのか、と認識すると同時に身体が固まってしまった。

「このキス、嫌だった？」

チュッと音を立てながら唇を啄《ついば》まれる。頬を撫でる温かい手。

「いえ……私、したことなくて、舌、入ってきたから」

「ああ。可愛いなぁ……俺がこんなキスをしている映画も、見たことあるでしょ？」

星南が頷くと、彼は星南の唇を舐《な》めた。

「仕事でするキスは興奮したふりだけど、君とのキスは、すごく興奮する。もっとしたいから、受け入れて」

そんな風に言われて、嫌だとは言えなかった。それに星南も、怜思とするキスは、ものすごくドキドキして心地がいい。

「私とするキスも、デートも、遊びじゃない……?」

「遊びじゃない。君への気持ちに嘘はない。好きだよ、星南」

すっと笑みを消し真摯《しんし》な表情をした彼が、星南を見つめて言った。

なんだか頭がクラクラする。心臓の鼓動が半端なく速い。

言葉もなくぼうっとする星南に小さくキスをして、彼は先に車を降りた。

助手席に回って車のドアを開けると、星南の手を引っ張る。

「早く、ウチに行こう」

見上げた先に、星南をまっすぐに見つめる熱い視線。それをしっかり受け止めて、こくりと頷いた。

「はい」

星南は、彼に手を引かれるまま駐車場を後にするのだった。

☆　☆　☆

彼にキスをされたことで頭の中がいっぱいだったから、部屋の中に入るまで何が何だかわかっていなかった。だから、靴を脱ぐ前に身体がフワッと抱き上げられた途端、ハッと我に返る。

「お、音成さん⁉」

「いい感じの軽さだな。やっぱり星南ちゃん、いいよ」

爽《さわ》やかな笑みを浮かべた彼は、星南をお姫様抱っこしたままずんずん歩いていく。自分が靴を履いたままだということも気になったけれど、それよりどこに連れて行かれるのか不安に感じた。

そして、行きついた先が寝室だと気付いた時、一気に身体が固まる。

そっとベッドの上に下ろされ、靴を脱がされた。

「あ、あの……私……」

「好きだよ」

俳優、音成怜思のこんな目を、ドラマで見たことある。その時の怜思は、本気で相手の女優に恋をしているようだった。でも、彼の目の前にいるのは、どこにでもいる普通君がメディアで観てきた俺は、確かに嘘だ。でも今、君を見つめてベッドに押し倒し、好きだと言ってる俺に嘘はない」

少し寂しそうに笑った彼は、星南の身体の上に体重をかけて乗り上げてくる。

心臓が堪《たま》らないほど速く、バクバクと音を立てている。こんなこと誰にもされたことない。おまけにその相手が、大好きな音成怜思だと思うと無意識に身体が緊張してくる。

でも緊張だけではない感覚が、お腹の奥からグッとせり上がってきた。

よくわからない何か。

それは、これからされることへの期待なのかもしれない。だとしたら、星南も彼にこういうことをされるのを望んでいるということだろうか――

「星南」

熱く掠《かす》れた声で、名を呼び捨てにされ、一気に緊張感が高まる。こくりと喉を動かし息を呑んだ。すると、彼はその喉に触れ、親指で撫でる。

「抱きたい」

彼の雰囲気に流されているのかもしれない。大好きな音成怜思にだったら、何をされてもいいと考えてしまう自分がいる。

「ほ、本当に？」

「……いつになったら信じてもらえる？」

の星南で……

でも何より、星南を好きだと言ってくれる彼の言葉を信じたい。それに、星南もまた彼のことが好きだから——

「は、初めては、好きな人がいいと、思ってたんです」

上手《うま》く言葉が出てこないのは息が詰まるからだ。呼吸が苦しくなるくらい、星南の心臓が音を立てている。

「だから、……音成さんが、私を、抱い、てくれるなら、嬉しい」

こんな簡単に、自分が男の人に身体を開くとは思わなかった。自分は貞操観念が強い方だと思っていたのに、彼の前ではそうしたことがなし崩しになってしまう。

どんなにファン歴が長くても、出会ってからまだ一月《ひとつき》経つか経たないかの人。でもずっと好きだった。看板にキスするくらい、好きで好きで堪《たま》らなかった人。

「そんなこと言われたら、優しくできないかもしれない」

「音成さんに、だったら、何を、されても……」

自分は何を言っているんだろう。いたたまれなくて、星南は顔を背《そむ》けた。その顔を、そっと正面に戻される。再び深く唇を合わせ、彼は星南の身体をベッドへと沈めた。

「初めてなんだよね？」

何も言わずに頷くと、熱い吐息が耳にかかった。

「シャワー浴びたい？」

チュッ、と小さく首筋にキスをされて、顔が熱くなる。

仕事帰りだから汗臭いかも、と思うと急に恥ずかしくなった。

「あ……できれば、そうしたい、です」

星南がおずおずと彼を見つめたら、啄《ついば》むようにキスをされる。

「自分で言っておいてなんだけど、やっぱりダメ。星南の匂いが消える」

そう言って、スウッと首筋に鼻を押し付けて息を吸う。名前を呼び捨てにされたこともあり、自分の顔がさらに熱くなるのがわかった。何度も瞬《まばた》きをして身を強張《こわば》らせる。

「引いた？」

ふっと笑った怜思は星南のブラウスに手をかけて、ひとつずつボタンを外していく。

「そう、ではなくて……汗臭く、ないですか？」

怜思は思わずと言った風に微笑んで、星南の額《ひたい》に自身の額《ひたい》をすり寄せた。

「全然？　君、すごくいい匂いがする。石鹸《せっけん》っぽい、ナチュラルな匂い？　優しくて安心する……あー、早く抱きたい」

頬にキスをしたあと、大きな手が頬を撫でた。

「星南の初めてが俺で良かったと思えるくらい、愛してあげるよ」

彼は艶《つや》のあるいい声で、ドラマでも聞いたことがないような言葉を優しく言った。

それだけでも星南の心は爆発しそうなのに、彼はさらに爆発しそうなことをする。

いつの間にか全開になったブラウスから手を差し込み、下着の上から星南の胸を持ち上げるように揉《も》んだ。それは、星南の身体をビクッと跳ねさせるのに十分で。

「あっ！」

自分のものとは思えない甘い声が、恥ずかしかった。

「可愛い星南。好きだよ」

その言葉を皮切りに、彼はより大胆に星南に触れていく。

まるでそれは、星南の初めてを奪う合図のようだった。

6

まずブラウスが完全に脱がされる。それから、ブラジャーのホックがカチリと音を立てて外された。

胸を包んでいた圧迫感がなくなったと同時に、さっと取り去られてしまう。

気付いた時には、星南の乳房が怜思の視線にさらされていた。

「……っ！」

息を詰めたのがわかったのか、彼は微《かす》かに笑った。

「小ぶりだけど、綺麗な胸だね」

星南は剥《む》き出しの胸を見られたうえ、小ぶりだと言われて余計に恥ずかしくなる。きっと彼は、大きな人をたくさん見てきたのだろう。

「あまり、見ないでください」

彼の視線に耐えられず、顔を背《そむ》けずにはいられなかった。

「それは無理。好きな人の身体だからね。すごく、興奮する」

温かい手に直接胸を包まれ、羞恥心《しゅうちしん》に身を震わせる。

できればもう少し、胸が大きかったら……そんな願望に唇をキュッと引き結ぶ。

「ごめん、痛かった？」

ゆっくりと揉《も》み上げる手の動きが止まった。首を横に振ると、その喉元に唇を押し当てられ、軽く食《は》まれる。

「じゃあどうしてそんな顔してる？　俺に触られるのは嫌？」

「いいえ、違います」

すぐに答えて、彼を見上げる。

「胸が小さいから、恥ずかしくて……」

彼は何度か瞬《まばた》きをして、少し顔を赤くした。

初めて見る彼の表情に、ドキッとする。

「やばい、可愛すぎる」

怜思が星南の頬を両手でホールドして、再び額《ひたい》を合わせてくる。それから頭の後ろに手を入れ、キュッと力を込めた。

「優しくさせてよ……無茶苦茶にしたいの、我慢してるんだから」

はぁ、と息を吐いた彼は、何かを耐えるように目を閉じた。

憧れてやまない人から何やらすごいことを言われた気がする。

その事実に、苦しいくらいに心臓が跳ね上がった。

「とりあえず、しゃべるの禁止ね」

そんなこと言われたってと思うけど、目を開けた彼の表情に息を呑んだ。

彼は、初めて見る男の顔で星南を見た。正直、どう表現したらいいかわからないけど、
怜思は星南を熱い目で見つめている。

「これまでずっと、君を我慢してた」

そう言いながら、スカートのファスナーを下げていく。そのまま、下着と一緒に下げ
られそうになり、慌てて手を伸ばした。けれど、その手はあえなく遮《さえぎ》られ、あっという
間に裸にされた。

生まれて初めて異性に裸をさらし、恥ずかしさにこの場から消えてしまいたくなった。

同時に、こんなに簡単に裸になって、軽い女だと思われないか心配になる。

うっすら目を開いた星南の視界に、服を脱ぐ怜思の姿が飛び込んできた。

綺麗に割れた腹筋と引き締まった身体のライン。リアルでものすごくカッコイイ怜思の身体。

「……っ」

シャツを脱いだだけの彼が星南に覆《おお》い被さってくる。男の人の重みを受け止めたのは初めてだ。

重いけれど、その温かさが心地よくて、気持ちがいい。

何もかも初めてのくせに、こんな風に思ってしまう自分に戸惑ってしまう。でも今は、ただ彼の身体を感じていたい。流されているのかもしれないけど、そうなってもいいと星南は思った。

だから自然に、怜思の背中に手を回す。

綺麗な肩甲骨の形、スッと通った背骨のライン。ゆっくりと手を滑らせ腰の湾曲から、ヒップへと差しかかったところでピクッと手を止めた。

「触り方、エロいなぁ」

耳元でクスッと笑った怜思が、星南の胸を揉《も》み上げ、硬くなった先端を指で摘《つ》まんだ。

「っん……っ」

星南は下唇を噛んで声を抑えようとしたが、変な声が出てしまった。

反対の胸も同じようにした彼は、星南の胸に顔を埋《うず》める。怜思の唇が星南の胸を食《は》み、先端を呑み込んだ。舌を絡《から》めるように軽く吸われると、星南の口から甘い声が出てしまう。

温かく大きな手が肌の上を滑るように撫で、臍《へそ》の横に触れた。そうかと思うと、そのもっと下へと手を這《は》わせていく。どこに触れようとしているかわかった途端、急に怖くなった。

星南の肌に触れているのは音成怜思という、大好きな人。でも、彼とはまだ出会ったばかりなのだ。怜思を受け入れたいと思うけど、やっぱり怖い。初めての行為だから余計に……

「ま、待って……」

しかし、そう言う間にも、彼の指は星南の足の間をゆっくりと撫でてくる。

「や、んっ」

焦って彼の手を両足で挟み込むが、指の動きに合わせてびくりと腰が跳ねた。

指を軽く動かされただけで、ゾクゾクとした感覚に星南の身体が揺れる。

「……待てない」

「星南、好きだ」

そう言いながら、彼はゆっくりと顔を近づけ、音を立ててキスをした。角度を変えて何度もそれを繰り返したあと、しっとりと重ねて唇を食《は》む。

「……っん」

息苦しさに星南の唇が少し開くと、そこから口腔《こうこう》内へ舌が入り込んだ。同時に彼の手が内腿へ移動し、優しくそこを撫でる。

徐々に力が抜けていく星南の足を、怜思は大きく左右に開いた。キスをやめた彼は、するりと自分の身体を星南の足の間に入れ閉じられないようにする。

彼の目に、誰にも見せたことのない部分がさらされている。それを自覚して、ものすごい羞恥心《しゅうちしん》が込み上げてきた。

この先の行為について知識では知っていても、気持ちが追いつかない。

星南は思わず、自分の手で顔を覆《おお》った。

「やだ……怖い」

震える星南の手の上に、怜思の熱い唇がそっと触れる。

「……怖くてもやめてやれない。俺になら、何をされてもいいと言ったのは嘘？」

戸惑う気持ちのまま、小さく首を振った。

さっきの言葉に嘘はない。でも、怖いと思う気持ちはどうしようもないのだ。

「でも……私……っ」

「君が好きなんだ。好きな人が裸で俺の下にいるのに、途中でやめられるほど俺はできた人間じゃない」

そう言って彼は星南の顔から手を外すと、額《ひたい》にキスをした。鼻の頭と、頬にもキスをして、首筋を撫でながら耳の後ろにもキスをする。

そして、もう片方の手をそっと足の間に滑らせ、秘めた部分に触れてきた。

「あ……っ」

彼の指が、ゆっくりと足の間を上下に動く。そして、中心にある尖った部分を探り当てると、そこで何度も円を描くように指を動かした。

「や……っん」

突然襲ってきたゾクゾクした痺《しび》れに、星南は思わず足を曲げて身体を縮めてしまう。その間も彼は首筋や耳に口づけを降らせ、星南の身体に優しく触れた。

「んっ、はあ……」

こもったような甘い息を吐くと、喉元から唇へ彼の手が移動する。

「いい声……もっと聞かせて」

長い指が唇の輪郭をそっとなぞる。星南を見つめながら、ゆっくりと瞬《まばた》きをする彼の瞳が綺麗で、ずっと見ていたいと思った。

けれど、彼から与えられる快感に抗《あらが》えず、星南は目を閉じてビクビクと身体を揺らしてしまう。

そんな彼女に怜思は自身の腰を強く押し付け、星南の耳元に熱い息を吐き出した。

「星南、好きだ」

うっすらと目を開けると、こめかみに唇が寄せられチュッとキスされる。

「ごめん、余裕なくて。本当に、どうしたんだろうな、俺」

苦笑した怜思は、星南の頬を優しく撫でた。

「セックス、後悔させないから」

そう言って彼は、星南の足の間に這《は》わせていた手の動きを再開した。ゆっくりと上下に隙間を撫でる指が、先ほどよりイヤらしく動き、否応《いやおう》なく腰が揺れてしまう。

下半身から聞こえる濡れた音は、きっと星南の身体から溢《あふ》れてきたものだろう。彼の指の動きが最初と違ってスムーズになったのも、きっとそのせいだ。知識はあっても初めてのことなので、恥ずかしい。

「ふ……っん！」

しばらくして、そっと指が一本星南の中に入ってくる。ゆっくりと奥まで入ってくるそれに、身体が震えた。微《かす》かな水音と共に、何度か中を行き来するうちに、指が二本に増やされて急に圧迫感を覚える。思わず彼の背中をキュッと抱きしめると、奥を撫でるみたいに中で指を動かされた。

「や……っ」

初めて得る感覚に戸惑う。お腹の底が酷《ひど》く熱い。じわじわと込み上げてくる、苦しいような気持ちいいような感覚をどうしていいかわからない。

「濡れてるね」

熱い吐息をかけながら、彼が耳元で響く。

「そんなこと、言わない、で……っは」

すると、彼の指がさらに奥まで入ってくる。星南は身体を震わせて、強くシーツを握った。

「どうして？　ここが濡れているのは、君が感じてる証拠だ、星南」

そう言って、彼が星南の中で指を曲げ、探るみたいに動かす。

「や、んっ……」

痛くはないが、変な感じ。お腹の底から湧き上がってくる、身体を縮めたくなるような感覚に堪《たま》らなくなる。

なのに彼はもっととばかりに星南に触れてくる。身体の中への愛撫《あいぶ》を続けながら、ゆっくりと胸を揉《も》み上げその先端を摘《つ》まんできた。

「だ……っめ」

身をよじる星南の頬にキスをした怜思は、身体をずらして胸を一度吸ったあと、さらに下へと顔を下げていく。そして、星南の中から指を引き抜くと、足の付け根を撫でながら、彼は星南の足の間に顔を伏せた。何をされるかわかった星南は、慌てて手を伸ばして止めようとする。けれど、それより早く彼の柔らかい舌が秘めた部分を舐《な》め上げた。

「おと、なり……さん……っは」

伸ばした手が、彼の髪に届く。でも指に髪が絡《から》むばかりで、彼の顔を引き剥《は》がせない。

「う……っん！」

彼の唇と舌の感触をリアルに意識する。

足を開き、濡れた音を立てているソコが恥ずかしくて仕方ない。やめてほしいと言いたいのに、星南の口から漏れるのは忙《せわ》しない呼吸と喘《あえ》ぎ声だけ。

「君のここ、綺麗だ」

熱く囁《ささや》かれる言葉に煽《あお》られて、心臓がありえないほど速く脈打つ。堪《たま》らず首を振る星南に、彼は隙間を撫でていた舌を、ほんの少しだけ中に入れてきた。

「は……っあ！」

「可愛い、星南」

そう言って、手を伸ばして星南の胸を少し強く揉《も》み上げた。その強さにさえ、感じてしまう自分は、一体どうしてしまったのだろう。

潤《うる》んだ目で下を見ると、彼と目が合った。じっと星南に視線を向けながら、熱心に秘めた部分を舐《な》める彼の表情は、ギラギラした欲望を感じさせる男の人の顔をしていた。

どこか清廉《せいれん》な雰囲気を感じさせる音成怜思が、ものすごくエッチな顔をしている。こんな彼は初めて見た。見たことのない顔を、星南にだけ見せてくれているのだろうか。

そう思うと、疼《うず》きがさらに強くなり星南はどうしようもなくなってしまう。

「やっ！　あっ……あぁっ」

腰を反《そ》らし、足の指先を丸めて、初めての感覚を経験した。

頭が真っ白になるような、真っ赤になるような、なんとも言えない感覚。だけど、これまでずっと身体に留まっていた何かが解放されたみたいに感じて、全身に力が入らなくなってしまう。

びくびくと身体が震えて、腰が勝手に揺らいでいる。自分の身体なのに自分で制御することができない。

「胸も、綺麗だ」

星南の跳ねる身体を押さえるように彼が伸《の》しかかってくる。そして激しく上下する胸に唇を寄せ、先端を口に含んでじゅっと吸い上げた。

そうしながら内腿に手を伸ばし、再び星南の中に指を入れる。

「ああ……」

もう何が何だかわからなくなる。星南の身体は、ベッドの上で溶かされてしまったようだ。どこまでが自分なのか、その境界がわからなくなるほど、柔らかくグニャグニャになっている気がする。

「中、柔らかくなってきた……感じてるね、これ以上ないほど」

頷く代わりに星南は彼に手を伸ばす。でも上手《うま》く力が入らなくて腕に触れるだけだった。

「音成さん、私……こんなの……っあん」

「これも君だ。俺のせいでこんな風になって……すごくいい」

怜思の掠《かす》れた声が、耳に心地よくてそれだけでも感じてしまう。

好きだと言いたいのに、喘《あえ》いでいて言えない。

静かな寝室に、互いの忙《せわ》しない息遣いと喘《あえ》ぎ声、そして淫《みだ》らな水音が響く。

「もう、入《はい》れそうだ……星南、そんなに、腰を揺らさないで。一気に入れたくなるでしょ？」

苦しそうに息を吐いた彼が、星南の中から指を抜く。ゆっくりと隙間を撫でたあと、内腿に手を這《は》わせた。肌に触れる彼の指が濡れているのを意識した途端、顔が熱くなりギュッと目を閉じた。

彼が身を起こした気配を感じる。ベルトを外す音が聞こえて微《かす》かに目を開けると、彼がパンツのジッパーを下げるところだった。

露《あら》わになった腰骨のラインがすごく綺麗で、思わず星南は目を奪われる。彼は腰に手をかけると、パンツごと下着を下げた。直後、勢いよく彼のモノが出てくる。

星南は初めて見る男性のそれに、まったく引いたりしない自分に驚いた。

　そんな星南を見て、怜思がふっと笑みを浮かべる。

「星南って、変なところで腹が据《す》わってるね。いつもはすぐ遠慮して、自信なさげなのに。いざという時は、心が定まってるというか」

　面白そうに笑った彼は、ベッドサイドのチェストから何かを取り出した。慣れた手つきで四角いパッケージを噛み切って、中身を取り出し自身に付ける。その一連の動作をついじっと見てしまった。初めてなのに、彼がすると何もかもがスマートに見えるから重症かもしれない。

「男のコレ見たら、処女は引くかと思ってた」

　星南の大腿に手を這《は》わせながら、大きく足を開かせる。羞恥心《しゅうちしん》全開なのに、彼から目を離せない。

　色っぽい表情を浮かべた怜思が、これまで見たことがないくらい熱い目で星南を見つめてくるからだ。

「どんな、音成さんも、カッコイイと思ってしまうから……」

「そうか……じゃあ、君も俺に参ってるってこと？」

　ふふ、と笑った彼の喉元に、手を伸ばして触れる。

「はい」

　素直に頷いた星南に、彼はパチパチと二度瞬《まばた》きをして、はっ、と息を吐き出した。彼は無言で星南の足の間に触れると、そこを指で軽く広げる。

「あっ……」

「もう、……泣いてもやめないからね」

表情を消した怜思は、星南の隙間に自身を押し当てた。ゆっくりと中に入ってくる熱さに、星南は息を詰める。

「……っい！」

「やっぱり狭いな……痛いよね」

怜思はそう言いながらも、じわじわと腰を進めてくる。ググッと入ってきた大きな質量は、星南の中を満たすどころか、容量オーバーな感じ。

「はっ……も、ムリ……」

「星南、大丈夫だから、そのまま……」

彼は星南の頬に触れ、小さくキスをした。そのまま、足の付け根に手を移動し、ゆっくりとそこを撫で上げる。

「ああ、ダメ……っ、はい……らない、よ」

上手《うま》く言葉にできずに彼の胸を押すと、その手に優しくキスされた。怜思は、もう片方の手にも同じようにキスすると抱きしめながら星南の両手を背中に回させる。

「大丈夫。ちゃんと入るから……ほら、もう少し」

さらに奥へと入ってきた彼のモノが、星南の最奥《さいおう》をグッと押した。直後、軽く腰が跳ねて、ズキズキと痛む中がキュッと締まったのがわかる。

「いた……い」

目に涙が浮かんでくる。彼は宥《なだ》めるように目元に手を伸ばし、軽く指先で涙を拭《ぬぐ》った。

「ああ、それでも俺を受け入れてほしい」

互いの鼻先が触れ合い、頬が触れ合う。星南を気遣ってくれる彼に、胸がいっぱいになった。

星南も、ちゃんと、彼を受け入れたい。

「受け入れます」

星南の必死な言葉に微《かす》かに笑った彼は、ぐっと眉を寄せて腰を進めてくる。そんな彼に見とれながら苦痛に耐えているうちに、星南と怜思の腰がぴったりとくっついた。

「はっ……全部、入ったよ。上手だね、星南」

ご褒美《ほうび》とばかりに小さくキスをした彼は、がっちりと背を抱きしめていた星南の手をそっと外した。その両手にキスをして、怜思が上半身を起こす。下半身が繋《つな》がったままの星南が小さく呻《うめ》くと、優しく脇腹に触れた彼の手に、足の付け根を撫でられた。

「んっ……音成、さん」

完全に上体を起こした怜思は、星南の膝の上に両手を置いて、ふう、と一息吐く。そのまま一度瞬《まばた》きをして星南を見下ろした。

「我慢強いね、星南は。涙一筋流しただけか。……そんな君が、最高に可愛いよ」

そう言って、彼は腰を軽く揺すった。はっ、と息を詰める星南ににこりと笑って、彼はさらに腰を揺すり、次第にその間隔を短くしてくる。

皮膚同士がぶつかる音が徐々に大きくなり、星南のソコが痛みと共に熱を帯びてくるのがわかった。そして受け入れている部分が熱く潤《うるお》う感覚。

指でされた時よりも、明らかに濡れている。彼が腰を揺らすたびに淫《みだ》らな水音が聞こえてきて、恥ずかしさと一緒に身体が高まっていく。

「は……っあ！」

痛いし、辛いと思う。

でも、彼に腰を押し付けられて、身体を左右に揺さぶられると、口から甘い声が出た。こんな自分は変だと思う。なのに、込み上げるような、どこにも逃がせないような感覚がどんどん強くなる。もう駄目だと思うのに、怜思は腰を動かしながら星南の名を呼び、胸を揉《も》んだり吸ったりしてきた。

「痛い、よ」

「……本当に、それだけかな？」

クスッと笑った彼だったが、すぐに荒い吐息が聞こえる。

「俺は、すごく気持ち、いい」

彼の声が掠《かす》れて、途切れがちになる。

見上げると、余裕のない表情で、時々何かに耐えるみたいな仕草をする。

そんな彼を見るだけで、身体の奥がキュッと疼《うず》いてしまい、再び彼の背に回した手に力を込めた。

「好きだよ、星南。ガラにもなく、ずっと見てたんだ」

「ん……っ」

彼の言葉に何も答えられない。

与えられる感覚を追うのに精一杯。

だって、身体が熱くなり過ぎてどうにもならないのだ。

「あっ、あっ……おと、なり、さ……っ！」

もうダメ、と思いながら背に爪を立てる。

痛さとない交ぜになって身体中を駆け巡《めぐ》る感覚を、星南は一気に解放した。その感覚が心地よくて気持ちよくて堪《たま》らない。

それは、星南が今まで生きてきた中で、一度も感じたことのないものだった。

「……っ！」

その直後、強く腰を押し付けて息を詰めた怜思が、腰の動きを止める。

荒い息を吐き出しながらきつく目を閉じていた彼が、ゆっくりと目を開けて髪の毛を掻き上げた。

彼は星南の両足から手を離して身体の横に手をついた。そのまま、ぐっと顔を近づける。

「こんなにイイのは、初めてかもしれない」

端整な顔に、間近からじっと見つめられる。整いすぎて表情をなくすと凄味《すごみ》を増す容貌に、星南はそっと手を近づけた。

「本当、に?」

「本当だ」

そう言って、彼は星南の手を取りキスをする。

それから唇にキスをした。ゆっくりと舌が口腔《こうこう》へ入ってくる。

「んんっ……」

息もつかせない激しいキスに、呼吸が上がっていた星南はすぐに限界を訴える。けれど彼は、唇をずらして息継ぎをさせながらも、決してキスをやめてはくれなかった。

何度も唇を吸い、舌を絡《から》めたかと思うと、軽く噛んで再び深く重ねる。まるで、逃がさないと言われているようだった。

「好きだ」

キスの合間に囁《ささや》かれ、舌を強く吸われる。

「君が好きだ……あの日、君の笑顔を見た時からずっと」

ようやく唇を離した怜思は、呼吸も整わないうちに星南を強く抱きしめた。

しばらく息ができないほどの強さで星南を抱きしめたあと、彼は身体を離し、星南の中からゆっくりと自身を引き抜いた。

「ふ……っあ」

中から怜思がいなくなった途端、びっくりするくらいの喪失感を覚える。まだ中に入っている感覚さえした。

彼は手早く避妊具を取り去り後処理を済ませると、近くのごみ箱へ捨てる。

そうして怜思は、ぐったりとした星南の身体を抱き起こし、再び抱きしめてきた。

「芸能人の好きは、まだ信じられない？」

そう聞いて強く抱きしめてきた彼の腕は、温かいけど少し指先が冷たかった。

だから星南はその指先に触れ、首を振る。

「音成さんは、私、が好きですよね？」

「ああ、君だけだ」

星南の頬に頬をすり寄せてきた彼に、ドキドキする。

さっきまでものすごくエッチなことをしていたというのに、こんな些細《ささい》なことでときめいている自分がいる。

「私、ずっと音成さんのファンで、本当に大好きで、だからこうしているのが今でも夢みたいなんですけど……そうじゃないって、本気で信じていいんですよね？」

「当たり前。君の前では、嘘だらけの俳優の顔は見せたくない」

そう言って、怜思は星南の顔を真面目《まじめ》な顔をして見つめてくる。

「君を、俺だけのものにしたい。俺も君だけの俺になるから」

なんて直球な言葉だろう。

こんなこと、彼はドラマでだって言ったことない。

「やばい、です」

「なにが？」

「音成さんが、私の彼氏だなんて信じられないけど、現実だ」

すると彼は、星南の耳元で声を出して笑った。

「セックスして信じてもらえるなら、さっさと君を奪えばよかった。君を前にすると、どうしてもダメな男になるから、我慢するのは大変だったよ」

素直で奔放《ほんぽう》な感じの話し方。でも優しくて素敵な声をしている音成怜思。

「好きです」

どうしても言いたくなってそう言うと、ゆっくりと啄《ついば》むようなキスをされた。

「俺の気持ちは、好きだけじゃ収まらないよ」

ゆっくり目を閉じて言う彼が、エロくて、キレイで、ドキドキする。

甘えるみたいに鼻をすり寄せられ、星南の中で彼への愛しさが高まって、初めて自分から唇を近づけた。

怜思はそれを受け入れ、逆に星南の唇を吸う。そのまま背中を撫で下ろし臀部《でんぶ》を柔らかく揉《も》んだ。

「あっ、あの、あのっ！」

「ん？　どうした？」

「お、お尻、そんなに触らないで」

星南はもぞもぞと身じろぎして背中を丸めたが、すぐに強く抱きしめられ背を伸ばされてしまう。

「星南、お尻小さいね」

臀部《でんぶ》を撫で回されながらそう言われて、恥ずかしい気持ちが先に立つ。

「……お肉が薄い、ので」

少しぺったんこなお尻はちょっとコンプレックス。

でも彼はふっと笑って、さらに大胆にお尻を揉《も》んできた。

「なんで？　コレがいいのに」

彼は星南の臀部《でんぶ》を揉《も》んでいた手を腰骨に滑らせて、背筋のラインを上《のぼ》っていく。でも、その手は背中の途中で再び引き返し、また臀部《でんぶ》に行きついた。やわやわと双丘を撫で擦《さす》り、さらに指先を移動させて、お尻の割れ目から足の間へと滑らせていく。

「あ、音成、さ……っあ！」

心臓がまた、さっきみたいに脈打ち始める。星南の隙間を撫でる彼の指は、少し角度を変えるだけで今にも中に入ってきそうだ。

「は……っん」

震えながら怜思を見上げる。彼は星南の前髪を掻き分けて、額《ひたい》にキスをした。それから頬にキスをして、唇に吸いつく。そうしながら、愛おしそうに星南の身体をぎゅっとさらに抱き寄せた。

自分はどちらかというと、性に関しては慎重な方だ。

さっきだって、初めて貫かれてすごく痛かった。

なのに、こうして裸で抱きしめられるのがとても心地いい。

「柔らかくて、抱き心地がいい」

チュッと、音を立てて何度もキスをされる。さらにそれを深めるように唇を吸われ、彼の舌が歯列を割って入ってきた。下唇、上唇と交互に強く食《は》まれたあと、唇を離した怜思が間近から見つめてきた。その熱い視線に、囚《とら》われる。

「もう一回、抱いていい？」

目蓋《まぶた》にキスをしながら言われて、素直に頷いてしまった。

彼はコンドームのパッケージを手に取ると、噛み切って中身を取り出す。

シーツの上を肌が滑る音と共に、彼が星南の上にゆっくりと乗り上げてきた。

「あ……ゆっくり……」

「もちろん、最大限に」

そうして、艶《つや》やかな吐息を零《こぼ》した怜思は再び熱い塊《かたまり》で星南の中を埋め尽くす。

星南は甘い痛みを感じながら、これ以上ないくらい端整な顔をした彼のキスを受け入れるのだった。

7

隣に眠る、少し泣いたあとがある彼女の名は日立星南。

まるで芸能人みたいな名前だと思ったものだが、怜思は気に入っていた。

どうして彼女の顔に泣いたあとがあるのかというと、怜思がバージンを奪ったからである。

初めての彼女をじっくりと二度抱いたあと、一緒に眠った。

そうして翌朝、怜思は早くに目覚めて一人悶々《もんもん》とすることになる。

というのも、夢見心地で側にある柔らかな温もりを抱きしめて目を覚まし、昨夜のことを思い出したからだ。自分の腕の中でぐっすりと眠る彼女に、愛しさが込み上げてくる。

このままずっと抱きしめていたいと思うほど、彼女にハマっている自覚があった。

昨日は疲れさせてしまったからゆっくりと寝かせてあげたいと思う反面、そうさせたくない自分もいて……

つい、早く目覚めないかと彼女の目蓋《まぶた》に触れる。

眠る星南は、優しい顔立ちが余計に優しくなったようで、とても可愛い。

ふと悪戯心《いたずらごころ》が起こり、白い頬を指で撫でる。けれどその滑《なめ》らかな手触りに、ずっと手を押し付けていたくなった。

「この子、芸能界に入ったら、ある意味売れっ子になるかもしれないな……」

美人ではないが、可愛らしい顔に清潔感のある黒髪と白い肌。柔らかな、ほど良い肉付きのある細身の身体。抱きしめると、しっとりと吸いつくマシュマロみたいな肌をしている。

そして昨夜の、自分だけが知る彼女の姿を思い出した。

恥ずかしそうに足を開いて、怜思を受け入れ、痛がって、泣いて——

「まったく……君は、どれだけ俺を虜《とりこ》にしたら気が済むんだろうね、星南」

女性には優しく。それが怜思のモットーだ。なのに、彼女を前にすると、いつもの自分でいられない。セックスの時に、痛がる女の子を見て興奮したことなんてなかったのに。真綿でくるむみたいに大切にしたいのに、彼女の泣き顔がもっと見たいと思ってしまった。

そんな自分に、怜思自身が驚いている。

優しい顔立ちをしている彼女は、その外見のままに性格も優しい。そして、自分というものをきちんと持った芯の強い女性だった。最初こそ、彼女の優しい笑顔に惹かれたのだが、手に入れた今はもう絶対に手放したくない。

この子が目覚めたらどうしようか、と思う。

できることなら、もう一度抱きたいが、何もかも初めてだった彼女にはさすがに可哀想だろう。ほんの少しだけど、出血もしていた。

「痛かっただろうね」

無理を押し通した自覚はある。痛みを我慢して受け入れてくれた彼女には、頭が下がる思いだ。

そっと柔らかな髪に触れると、もっと触りたくなる。長い髪を指に巻くと、素直に絡《から》む。つい何度もクルクル指に巻いていると、星南の目蓋《まぶた》が微《かす》かに震えてゆっくりと目を開いた。

「あ……お、おはようございます」

ビックリしつつ、恥ずかしそうにそう言う彼女。

確かにもう朝だが、時間を見るとまだ六時半だ。まだ早いと思って、怜思は彼女に蕩《とろ》けるような笑みを向けた。

「もう少し眠っていいよ。まだ早いから」

怜思の言葉に一度トロトロと目を閉じかけたが、再びハッと目を開けて首を振って起き上がる。

「ダメです。私、会社に行かなきゃ……」

裸のまま寝かせるわけにもいかず、星南は今怜思のシャツを着ている。もし裸のままだったら、きっと自分は彼女を抱くのを我慢できないと思ったからだ。

「君は真面目《まじめ》だね、星南」

怜思は笑って、星南をベッドに引き戻した。起き上がれないように、少し強く抱きしめてその髪に頬を寄せる。

「音成さん……起きないと……」

「うん」

こめかみにキスをして、唇にも小さくキスをする。

まるでお気に入りの人形を手放さない女の子のように、怜思は星南を抱きしめる。

こんなに可愛い存在は他にいない、抱きしめて離さず、ずっと一緒にいたいと思う。自分でも理由がつかないくらい、なぜか星南に強く惹かれているのだ。

怜思のいる芸能界には、彼女より美しい人も、スタイルのいい人もいるのに。自分の中に芽生えた、彼女でないとだめだという強い気持ちは一体どこからくるものなのか。

怜思のシャツが大き過ぎたのか、胸の谷間が丸見えになっている。そんな些細《ささい》なことにも、身体が反応しそうになっている自分に驚いた。

これまでの自分は、女性に対してももっと冷静でいられたし、もっと客観的に見ていたはず。

女性のことに限らず、自分という人間は、こんな風に何かに執着することのないドライな人間だと思っていた。

傑出《けっしゅつ》した音楽一家に生まれながら、自分にさほど才能がないとわかった時も、すぐに諦めがついたというのに。

自分の新たな一面に驚きと戸惑いを感じつつも、今はこの手に入れた存在を絶対に手放したくない。その思いのままに、彼女を抱く腕に少し力を込めた。

「今日、会社休んだらどう？」

抱きしめる手をわずかに緩《ゆる》めて、星南の顔を上げさせる。

星南は瞬《まばた》きをして、ちょっと迷うような顔をした。でも、すぐに首を横に振ってうつむく。

「……私も、音成さんと一緒にいたいです……でも、働いている以上は、ちゃんとしないと」

病気じゃないので、と付け足して起き上がろうとする彼女を、またベッドに戻した。

「動くとまだ痛いんじゃない？」

微笑みながら意味ありげに言うと、星南の顔がぱっと赤くなる。

怜思はすごく良かったし、イクのがいつもより早かった。だが初めての星南は、怜思を受け入れた部分がまだ痛いはずだ。いつも以上に愛撫《あいぶ》に時間をかけ、挿入前に十分蕩《とろ》かしたから、割とスムーズに入ったにせよ、やはり苦痛だったに違いない。

しかも初めてだったというのに、怜思は彼女の可愛さに一度で我慢できず、もう一回抱いてしまった。健気にも自分を受け入れてくれた星南の身体を、休ませたい気持ちもある。

ここで休むと言ったら、そうだね痛いもんね、と彼女をかばって朝寝を継続しようと思った。思いっきり甘いキスをしながら、一緒に遅い朝食を取って、一日中ベッドでゆっくりしても構わない。今日一日怜思はオフで、何の仕事も入っていないから。

だけど――

「その、ほんとはまだ痛い、ですけど……、仕事を休むのは……ちょっと違う気がするんです」

ああ、確かにそうだね、と、彼女の言いたいことが怜思にはよくわかった。

自分だって、多少体調が悪くても仕事に穴を空《あ》けてはいけないという意識があるからだ。どうしても体調が悪い時は、休むかもしれないが、それによって周りに迷惑をかけてしまうのは必定《ひつじょう》だ。

だったら、無理をするか、初めからそうならないように気を付けるしかない。

彼女の仕事に対する姿勢を知って、星南という人をさらに好きになった。

本当はものすごく離れがたい。せっかくのオフを、この大事な存在を抱きしめて過ごしたい。そして、もし可能なら、もう一度セックスをしたいと、男のしょうもない欲望が湧いてくる。

でも星南は普通の社会人で、平日は仕事に行くのが日常なのだ。

「そうか……そうだね」

自分の理性をかき集めて、どうにか穏やかに言葉を発する。

赤い顔をして、ほんとはまだ痛い、と言った星南はとにかく可愛らしかった。だからつい、キスをして押し倒して、俺のために休んでよ、と大人げないことを言ってしまいそうになる。

でも、そんなことをして何になるだろう。自分の勝手な都合で、彼女の倫理観を曲げてはいけない。そして仕事をないがしろにさせてはいけないと思った。

「椅子に座る時はゆっくりがいい」

怜思が笑みを向けると、コク、と頷いて怜思の胸を少し押した。名残《なごり》惜しく思いながら、星南を腕の中から解放する。ベッドを下りて、彼女が身支度をするのを見つめていると、それに気付いた彼女がこちらを振り返った。パッと頬を染めた星南は、慌てたように着替えの途中でドアの向こうへ出て行こうとする。

怜思はベッドから下りて、大股で彼女に追いつき引き留めた。

「どこ行くの?」

「き、着替える時、その、裸同然になる、ので……」

「昨日、全部見たよ。君の、普段服に隠れているところは全部ね」

下唇を噛み、怜思を見上げる目はまるで小動物みたいに濡れていた。

ヤバい、食らいつきたい――

怜思はその気持ちをぐっと抑えて、彼女の腕にブラウスを通す。

「そんな恰好していると、また襲いかかりそうだからね。早く服を着てくれ、星南」

演技ってこういう時にも役に立つな、としみじみ思いながら、怜思は優しく星南に微笑んだ。

彼女はほっとしたようにブラウスのボタンを留め始める。スカートを穿《は》かせると自分でホックを留めた。

優しく可愛らしい顔をした彼女は、見た目通りのフワフワしたところだけじゃなく、甘い言葉に流されない真面目《まじめ》で芯の強いところがある。そんな彼女を美しいと思った。

「君のこと、好きになってよかったよ」

驚いて顔を上げた星南が、はにかんだみたいに微笑んだ。そして、ほんの少しだけ近づいて、怜思の胸に頬を寄せる。

「しばらく、こうしていていいですか？」

「……もちろん」

柄にもなく、抱きしめる腕が震えてしまった。今までにない感情が胸を震わせる。

日立星南という存在が、初めて怜思の琴線《きんせん》に触れた。

安心しきった様子で、星南は怜思に身を任せている。力を抜いた彼女の重みに、つい怜思の腕に力が入った。すると、彼女の手がそっと腰に回される。信頼しきったその態度に、怜思はギュッと目を閉じた。

嬉しい反面、あまり安心しきられてもなぁ、と心の中でため息をつく。

本当は今すぐ襲いかかりたい気持ちを、理性を総動員して抑え込む怜思だった。

☆　☆　☆

ものすごく遠慮し、断る星南を会社の近くまで送った。本当は会社の前まで行ってもよかったのだが、彼女が怜思の立場を気にしてくれているのが伝わってきたので、近くで我慢した。でもその代わり、彼女とやや濃密なキスができたからよしとしよう。人気《ひとけ》のない駐車場に車を停め、彼女の柔らかい唇を思う存分堪能《たんのう》した。貪《むさぼ》った、といっても過言ではないほど、濃厚なキスをする。唇を離した時、彼女のピンクベージュのリップはすべて取れてしまっていた。

互いの唾液で光る唇に再び劣情を煽《あお》られながら、怜思は彼女の濡れた唇をそっと指で拭《ぬぐ》った。

素の唇も綺麗なピンク色をしているので、透明のリップくらいでも映《は》えると思う。そこで何かに気付いた彼女が、自分のバッグからポケットティッシュを取り出した。彼女はおずおずと手を伸ばし怜思の唇を拭いてくれる。そうされるまで、星南のリップが自分についていることに気付きもしなかった。

拭いてくれた代わりに、怜思は星南の唇にリップを塗ってあげる。

彼女ははにかんでお礼を言うと、車から出て行く。少しぎこちなく歩く後ろ姿を、見えなくなるまで見送った。

星南の仕草ひとつひとつが、いちいち怜思の心をくすぐってくる。

一体どうして、今まで彼女に出会うことができなかったのか。星南と会えずに過ごした日々を、酷《ひど》く残念に思った。

彼女が怜思のファンだということに、多少つけ込んだところがあるのは自覚している。でなければ、星南のようなガードの固そうな子が、こんなに短期間で怜思に身体を開くことはなかっただろう。

星南を確実に手に入れたかった怜思は、彼女のそんな気持ちを利用したのかもしれない。でも、後悔はしていない。なぜなら星南も、怜思のことが好きだと確信できるから。

彼女の表情や仕草、自分を見つめてくる眼差しすべてから、音成怜思さん好きです、という気持ちが伝わってくる。

気軽に会うことができないのが不便だけれど、これからもっと付き合いを深めていきたい。彼女についていろいろ知りたいし、自分だけを見つめてほしいと思う。

ただ、芸能人だからなぁ、とため息をつき頭を少し乱暴に掻きむしる。

怜思の仕事は、プライベートも自由にできず、自分勝手に行動することもできない。時には、撮影のため、遠方に何ヶ月間も拘束され続けることもある。海外の映画を撮る時なんか、日本にすらいない。

できれば頻繁《ひんぱん》に星南と会って距離を縮め、俳優ではない音成怜思という一人の男として自身を見てほしいと思う。

もっとたくさん抱きしめ合って、関係を深め、互いを愛する気持ちを高めたい。

こういう時、芸能人という不自由な職業に、ただため息しか出てこない。

それでも、怜思は俳優という仕事が好きだった。普通に生きていく上では、あんな風にまったく違う自分になることなどできはしないのだから。

それを考えると俳優という職業はすごく贅沢《ぜいたく》だ。しばらくの間、まったく違う自分として人生を見つめることができる。誰かが考えた人物でも、どんな脇役でも、別人として生きられることはそれだけで特別なことだ。

不自由さに苛立つ気持ちと、俳優という職業だからこそ得られる幸福感。

そのジレンマは、いつも怜思の心にある。

「今更やめられないよなぁ。むしろ、音楽家になるよりよかったし」

バイオリンもピアノも特別好きにはなれなかったが、かといって嫌いでもなかった。

ただ、生まれ持った才能を差し引いても、怜思の将来の選択肢の中になかっただけで。

父は怜思を音楽家にしたかったみたいだから、やめた時は相当がっかりしていたが、今ではこの仕事を応援してくれている。

外国映画に出た怜思を見た時、興奮して映画館であれは私の息子なんだ、と見ず知らずの人に言ったらしい。

それに……星南に失望されない自分でいたいという気持ちが湧き上がっていた。

スクリーンの中の自分は、いつでも彼女の理想の存在でありたい。

そんなことを考えながら、怜思は帰路についたのである。


マンションに戻った怜思は久しぶりに自分の部屋を掃除した。一日オフだが、特に予定もなかったので午後は適当にお茶を飲みながらだらだら過ごした。テレビをつけても興味をそそられず、気付くと星南は何をしているのだろうと考えていた。

「一日中座ってて痛くないかな」

彼女の仕事はたぶんデスクワークだろう。ずっと椅子に座って、パソコンの前にいるのを想像した。

こんな風に、一人の時間に好きな人のことを考えるのは初めてだった。

早く一日が終わらないだろうかと思う。今朝別れたばかりの彼女に、もう会いたくなっている。メールで彼女の予定を聞こうと思った矢先、家のインターホンが鳴った。しかも立て続けに三回。

こんな鳴らし方をするのは一人だけだ。

怜思はため息をついて立ち上がる。モニターを見ると案の定、だった。

「お疲れ様です、美穂子さん」

彼女が訪ねてきた理由は、なんとなく想像できたので素直にドアを開けた。

「はい、お疲れ、怜思。上がってもいいかしらね？」

「もちろん」

笑みを浮かべて頷く。彼女はさっさと靴を脱ぐと、慣れた様子でキッチンへ向かった。

そして、勝手にコーヒーを淹《い》れ始める。

「こんなところ、彼女が見たら誤解されるな」

美穂子の勝手知ったる感を見られたら、きっと星南はいろいろと考えてしまうだろう。

この女性――佐久間美穂子は、怜思の所属する芸能プロダクションの社長だ。それなりに若く見えるが、怜思よりだいぶ年上の五十代。デビュー当初、彼女との肉体関係についてあれこれ取り上げられたが、まったくの事実無根だ。これまでもこれからも、彼女と関係を持つことは絶対にない。美穂子はまんざらでもなさそうに高笑いしていたが、怜思はいい迷惑だった。

「美穂子サン、これからはウチのキッチンを勝手に使うのやめてくれる」

「やめてほしかったら、ちゃんと聞かれたことに答えなさいよ、怜思」

リビングのソファーに向かい合って座る。

コーヒーを啜《すす》りながら厳しい目を向けてくる彼女は、完全に社長の目をしていた。

「あの、一般人の子とは本気なの？」

さすがに情報が早いな、と思いつつ、怜思は何でもないことのように頷いた。

「もちろん。どうして？」

「今まで口ではなんだかんだ言っても、基本真面目《まじめ》なウチの子が、周りも見えないくらい暴走しちゃってるからびっくりしてるのよ。一人で帰ったり、平気で道端歩いたり。まぁ、歩くくらいはいいけど、目撃情報出ちゃってるからねぇ。場所を特定されて待ち伏せなんかされたら、大変なのはあんたもだけど、一般人の彼女なんじゃない？」

美穂子の言うことはもっともで、怜思は横を向いてため息をついた。

「そうだね。これからは気を付ける。待ち合わせはバラバラにするか、直接ここに来てもらうよ」

「まぁ、それが賢明ね。対策はこっちでも考えるけど、あんたは眼鏡と帽子、忘れちゃだめよ。世界的俳優さん？」

怜思は眉を寄せた。何かというと、〝世界的俳優〟と言う美穂子にイラつく。

「最近やたらとそれ言うよね？　また海外映画の仕事でも持ってきたわけ？」

「そうね。オファーはたくさんあるけど、あのファンタジー映画の続編は引き受けたいわ。あなたさえ頷けば、すぐにでもクランクインするって。主人公を完全に食っていたサトシ・オトナリの演技を待ってるそうよ。それと、ヘッドフォンのＣＭ。どこか忘れたけど外国の砂漠で撮るらしいわ」

星南には、筋肉痛が酷《ひど》くてもう勘弁と言ったが、怜思が初めて出演した海外のファンタジー映画は、アクションシーンが多く、ものすごくやりがいがあって楽しかった。セットや映像技術が素晴らしく、まるで自分がその世界の住人になったように演技ができた。

ただ、その時付き合っていた女性とは、映画の撮影中に別れてしまった。撮影の間、一度も怜思が日本へ帰らず、映画にのめり込んでいたからだ。

「CMはいいけど、映画はどうしようかな」

自分の言葉に自分で驚いた。以前の怜思なら絶対に受けてほしいと言ったはずだ。撮影はかなり大変だったけれど、父を含めた周囲の好意的な反応や日本でのヒットは、怜思に大きなやりがいを与えてくれた。

「受けなさい、わかるでしょ？」

怜思はただ笑った。そして頬杖をついてため息をつく。

「彼女とは別れたくないんだ」

「別れなければいいでしょ？」

「俺が役にのめり込むの知ってるでしょ？　しばらく引きずるのも……海外の映画だと撮影期間が長いし、今、彼女と会えなくなるのは嫌だ」

芸能界に入って初めて一般の子を好きになった。それまでは、付き合う相手は芸能界の関係者ばかりだった。女性との付き合いは楽しいし、セックスも気持ちがいい。特にクランクアップした後なんかは気持ちが高揚して、めちゃくちゃシたくなる時がある。

そういう衝動を理解し合えるのは、必然的に芸能関係者だった、ということもあるのかもしれない。

でも、ここにきて本気で人を好きになった。相手は、優しい顔立ちと性格をした一般の女性。

ああこの子だったんだ、と自然に思えるくらい求めてしまう相手だ。

「やっと彼女が、俺をただの男として見てくれるようになってきたんだ。そんな時に、側を離れたくない……」

美穂子はあからさまに、大きなため息をついて見せた。

「なにこれ、ホントにびっくりだわ。ウチの子ってこんなこと言う子だったたっけ？　って感じ」

「俺も自分でそう思う。でも……もとは俺のファンだし、なんか……俳優との恋愛なんて結局は夢なんだって割り切られて、別れそうだから嫌なんだ」

仕事のオファーが来るのは幸せなことだ。今の売れている自分の状況に感謝さえする。

でも、たった一人の女性に対しては自信が持てないのだ。側にいられないことで、もし彼女が自分から離れていってしまったら、そう考えるとつい保守的になってしまう。

それくらい、彼女を手放したくないと思っていた。

「別れたくないなら、別れないように事務所で協力してあげてもいい。なんたって、今度は本気みたいだし？」

怜思が横を向いたまま返事をしないでいると、ぐいっと顔を正面に向かされ頭突きされた。

「いっ……った!!」

「このボケが！　わかったか、って言ってんのよ！」

心の中で悪態をつくものの、美穂子の提案は正直ありがたかった。

怜思はオファーがきているその二つの仕事がしたい。実はヘッドフォンのＣＭを制作している会社のコンセプトは、いつもドラマ性があって演じるのが楽しみだった。

前回は音楽に合わせて楽しくメチャクチャに踊る青年を演じた。コンセプトが明確な分、役作りがしやすく、音が鳴った途端、勝手に身体が動いた。

今度は砂漠でどんなことをするのだろうと、今から内容が気になる。

海外映画のアクションも、本当はもう一度リベンジしたいと思っていたのだ。今度は事前にしっかりと身体を作って、全シーンスタントなしで挑戦できないかと考えていた。

「わかった……」

「よろしい。どっちも撮影までにはまだ時間があるし、どんなに早くてもクランクインは再来月の半ばあたりでしょうね。あの映画の続編は、世界が待ちに待ったものなのよ。それにあんたが出ないでどうするの。一般人の彼女には、ちゃんと話をする時間を作ってあげるから。仲良くする時間もね！」

そう言って、にっこりと笑った美穂子の顔に、怜思は眉を寄せた。

「仲良く、は余計だよ、オバサン」

「オバサン言うな、クソガキ！　で、とりあえず今後の対処法だけど、一度世間の意識を別の方向に向けさせて、隠《かく》れ蓑《みの》にしようと思う。というか、ほぼ決定なんだけど、いいかしら？」

「いいわけない」

星南にいらぬ誤解をさせたくないし、好きな人にそんな自分を見せたくないと思う。

「あとで本人たちから否定報道を流させる。それが一番楽だと思うけど。一般人と真面目《まじめ》なお付き合いをしているって報告は、少し間を置いて流してあげるわ」

「お断りだ。それをやったら俺、このまましばらく仕事しないから」

それが、自分のわがままだとわかっている。でも、そんな芸能人あるあるをして、星南の気持ちを大切にできないのは嫌だった。

俳優の仕事は大好きだが、そんなことをしてまで続けることに意味があるのかと思ってしまう。

「…………はぁ、もう。怜思……とんでもなくマジじゃない。あんた、俳優の仕事大好きなくせに、そんなこと言うの？」

美穂子は笑って天井《てんじょう》を仰いだ。そして、一つため息をつき、わかりました、と怜思を見つめた。

「とにかく、十分に気を付けて付き合いなさい。わかってると思うけど、一般人はすぐにメディアの餌食《えじき》にされちゃうんだから。それと、身辺にも気を付けて。今度、映画の打ち上げあるでしょ？　守りたいなら、足をすくわれたらダメよ」

この間クランクアップしたばかりのドラマは、有名女優が多数出ていることで、始まる前から話題になっている。確かに注意した方がいいな、と思って頷いた。

「わかった、気を付ける」

「……私から言いたいことはそれだけよ。まぁ、確かにあの子、可愛いものね。日立星南ちゃん。埋もれた逸材《いつざい》っていうか、癒《いや》し系というか。あんた、ああいう子が好きだったのね……まぁ、わからんでもないけど」

可笑《おか》しくて堪《たま》らないという風に笑い出した美穂子に怜思はムッとした。いつの間にか、しっかり相手について知られていることも面白くない。

「その何でもわかった感じやめてくれる？　俺、ああいう子に惚《ほ》れたの、初めてだけど？」

そう言う怜思に、美穂子はさらに腹を抱えて笑いながら口を開いた。

「あんたが今まで付き合ってきた女優、あんな雰囲気の役をした人ばっかりよ！　柔らかい雰囲気で優しく笑って、それでいて芯が強そうな？」

そこで怜思はパチリと瞬《まばた》きして考えた。

確かに自分は優しい顔立ちの女性が好みだ。これまで付き合ってきた女性たちはみな、優しい雰囲気と言えなくはない。しかも美穂子の言う通り、彼女たちは優しく芯の強い女性の役を演じていたことを思い出す。役柄を彷彿《ほうふつ》とさせる優しいキスは、心が蕩《とろ》けるくらい気持ちよかった。

だが、付き合ってみるとすぐに違和感を覚えるのだ。おまけにセックスも手慣れすぎていて、頭の中にクエスチョンマークが浮かぶ時もしばしば。

なんだか違う、と思った瞬間には大抵こっちの気持ちが冷めていた。

「そう、だったかも……」

「そうよ。見た目と違って、わかりやすい男ね、あんた。ほんっと、可愛いんだから」

怜思としては、「そんなことあるわけないだろ、オバサン」と平然と言い返したい気持ちなのだが、美穂子に言われたことが図星過ぎて言い返せない。

自分の中で星南という女性は、すごく新しいというか、新鮮な存在だった。

優しくて真面目《まじめ》なごく普通の女性なのに、なぜか惹かれてやまない。可愛らしくて柔らかな雰囲気の中に、芯の強さを秘めている。あんな子がいるなんて、思いもしなかった。

「いいと思うわ。そういう相手って見つけようと思っても、見つけられるものじゃないから」

どんなにタイプが似ていようとも、今はもう星南以外にはありえない。

星南以外は好きになれないと心から思う。

「確かに、そうだね」

怜思が納得したようにしみじみ言うと、美穂子は大きなため息を吐いて呆れた顔をした。

「もう一度聞くけど、本気なのね」

「いけない？」

少し強い視線を美穂子に送ると、彼女は両手を降参とばかりに挙げて首を振る。

怜思は本気で星南が好きだ。

もっと可愛がって、ドロドロに甘やかして、怜思のことだけしか考えられなくさせたい。

今朝も腕の中に閉じ込めて、離したくなかった。

だって、本当に好きなのだ。星南のすべてが愛しくて、どうしてやろうと思う。

同時に、彼女のために自分ができることは何だろうと考えている。そんなことは初めてで、我ながら信じられない現実だった。

「まぁ、頑張りなさい」

そう言って立ち上がった美穂子は、バッグを持ってさっさと部屋を出て行った。

扉が閉まる音が聞こえるまで、怜思はソファーから立ち上がることができない。

自分はもっと、クールで合理的な男だと思っていたけれど、恋をしたことでこんなに変わるなんて予想もしていなかった。

「星南ちゃん、俺の好みど真ん中だったんだ。惹かれるわけだ」

笑みを漏らした怜思は、無性に彼女に会いたくなってメールする。だが、すぐにすげない返事がきてがっかりした。

『すみません。今日は仕事が終わらなくて残業になりそうです。また連絡します』

残業になったのは、きっと昨日無理をさせた怜思のせいだろう。

それを思うと、わがままは言えないけれど……

「会いたい……」

もちろん、無茶をした自覚があるだけに、すぐに抱きたいとは言わない。

それくらいの分別《ふんべつ》は、さすがに持ち合わせている。だが、あの柔らかい身体を知ってしまったら他の女はもう抱けない。

できれば彼女には、早く怜思を受け入れてほしいと思う。

いい年をした大人が、恋をしたての中学生みたいにがっついている。

それでも、怜思の心はただひたすらに星南を求めるのだった。

8

彼と熱く抱き合った翌日、星南は休まず仕事へ行った。

本音を言えば、彼の言葉に気持ちが揺らいだ。彼の温かな腕に包まれた時、このままずっと一緒にいたいと星南も思ってしまったから。

それに、初めての行為で腰から下は重く怠《だる》いし、彼と繋《つな》がった部分はまだ鈍い痛みを訴えている。

あんなに大きなもので貫かれたのだから、痛いのは当然だろう。

それでも、星南は彼と一夜を共にしたことを後悔していなかった。

それに、初めて目にした好きな人の身体は、ものすごく綺麗だった。男の人に綺麗、というのは間違っているかもしれないけど、本当に綺麗だったのだ。

しっかりと筋肉のついた綺麗な腕の筋、引き締まった腰のラインやしなやかな足。どこもかしこも鍛えられている感じがした。それこそ、なんの手入れもしていない自分の裸が急に恥ずかしくなるほどに。

仕事中、ふと昨夜のことを思い出しては顔がにやけそうになり、慌てて引き締めて仕事をする。そんなことを繰り返してしまい、なかなか仕事がはかどらなかった。

さらに身体の節々、特に股関節あたりが筋肉痛のようになっていて、身動きするのもままならないというありさまで、集中力はないに等しい。

その上、椅子の上で身体をずらすたびに、彼と繋《つな》がった場所が痛い。あんなことでもなければ、そこが椅子とこんなに密着していたのだと知ることもなかっただろう。

そんな状態だったので、当然のごとくノルマが終わらず残業になってしまった。せっかく怜思から会いたいと連絡をもらったのに、星南は会えないと返信するしかなかった。

それに……今彼と会っても何を話していいかわからない。きっと、まともに顔も見られないような気がする。それくらい恥ずかしくて幸福な時間を過ごした。

「じゃあ、星南ちゃん、先に帰るけど……」

隣のデスクで仕事をしていたエリコが、星南の方を覗《のぞ》き込みながら声をかけてくれる。

彼女は仕事を手伝うと言ってくれたのだが、既婚者のエリコは家でやることがあるはずだ。だから星南はありがたいと思いつつも、その申し出を断った。

星南は彼女に大丈夫です、と言って微笑んだ。

「ほんの少し残業するだけです。エリコさんも気を付けて帰ってくださいね」

笑顔の星南に心配するような顔を向けながらも、エリコは帰っていった。

その後ろ姿を見送って、ほっと息をつく。そうして星南は、再び自分の仕事へと戻った。

音成怜思という、素敵な人と夜を過ごしたことはエリコにも内緒だ。というか、誰にも話せることじゃない。

この秘密をいつまで抱えていくのかという不安と同時に、彼との秘密を嬉しく思う自分もいる。嬉しくて誰かに話したいという気持ちと、彼のことを誰にも教えたくないという気持ちが一緒に湧き上がってくる。

「わがままだなぁ……」

自嘲《じちょう》して、それもまた自分なのだと受け入れることにした。

ずっとファンとして追いかけていた彼が、星南を優しく抱きしめて好きだと言った。テレビで聞くよりも落ち着いた低い声にもっと話しかけてほしいと思う。

まるで奇跡のような出会いと、大人の恋。会って言葉を交わすたびに、メディアで見るのとは違った彼を発見し、もっとずっと好きになった。

またもや、そんな風に怜思のことを考えてしまっていると、星南のスマホが音を立てる。メールの着信音に、慌てて画面を確認すると再び彼からのメールだった。

『ごめん。やっぱり今日、もう一度会いたい。時間ある？』

短いながらも彼も星南と一緒にいたいと思ってくれているのが伝わってきて、幸せすぎて胸が苦しくなってくる。

でも星南は残業だ。それじゃなくても忙しい彼を、星南の都合に合わせるのは気が引けてしまう。星南は、思いを断ち切るように軽く首を振って、すぐにメールを返信した。

残業に時間がかかりそうだから会えない、と。

彼の仕事を考えると、次またいつ会えるかわからないのに。こんな大切な時に、もたもたして仕事を終えられない自分の至らなさを叱咤《しった》する。

とにかく今は、目の前のことを終わらせてしまわないと何もできない。

気持ちを切り替えた星南は、集中して仕事を終わらせにかかった。

数時間後、なんとか仕事を終えた星南は、まだ残業している人たちに挨拶《あいさつ》をしてフロアを出た。ロッカーで帰り支度を済ませて、エレベーターに乗り込む。

首にかけていた社員証を取り去りほっと息を吐くと、会社の目前で星南に手を振る人がいた。

その姿を見た瞬間、一気に心臓が高鳴る。どうしてここに……という疑問より先に、会いに来てくれた嬉しさで思わず笑みを浮かべていた。

今朝まで一緒にいた音成怜思が、会社の前のベンチに座っている。キャップを目深《まぶか》に被っているけれど、そんな風に手なんて振ったら誰かに気付かれてしまうかもしれないのに……

そう思いながら、星南は小走りで駆け寄った。

嬉しい反面、つい彼の立場を気遣ってしまうのは仕方のないこと。

「音成さん、こんなところで……！」

驚いて声をかけると、彼は立ち上がってにこりと笑った。そして、ためらいもなく星南の手を握り、しっかりと繋《つな》いでくる。

「大丈夫だよ。前にも言ったと思うけど、意外と気付かれないものなんだ」

微笑む彼は、ポケットから眼鏡を取り出してかけた。

「そんなの、わからないじゃないですか」

「まあね。でも、みんな自分のスマホを見て歩いているから」

宥《なだ》めるように言うのを見て、だって、と星南は見上げながら口を開く。

「私のせいで、何かあったりしたら嫌なんです」

「……そんな可愛いこと言うと、今すぐここでキスするよ」

握った手を引き寄せてチュッと唇を当てる怜思に、星南の顔がみるみる熱を持つ。

「どうしても、星南に会いたかったんだ」

いつの間にか星南と、呼び捨てにされていてドキッとする。男の人に呼び捨てにされることなんてほとんどなかったからだ。たいてい、日立さん、と呼ばれる。

「ん？　ああ……名前呼び、嫌だった？」

星南の微妙な表情から戸惑いを察したらしく、怜思が尋ねてきた。

「ど、どっちでも、音成さんの呼びやすい方で……」

自分で言っておいて、恥ずかしくなる。この前まで雲の上の存在だった人へ、こんなことを言うなんて。

「じゃあ、星南で。君の名前、響きが優しくていいね」

歩き出した彼に自然についていく。昨日も会って、今朝まで一緒だったのに、こうしてまた夜も一緒だ。こんなに甘い時間を過ごしていいのかと思ってしまう。

「今日の朝、別れるのが名残《なごり》惜しくて困った。君には断られたけど、どうしても会いたくて来てしまったよ」

そう言って、照れたように笑う彼に星南も笑みを浮かべた。彼が自分と同じ気持ちでいてくれたことが嬉しくて。

「私も、です。本当は会いたかった」

会社で怜思から与えられた痛みを感じるたびに、ずっと彼を思っていた。

「本当に？　嬉しいな」

頬に触れる彼の体温を感じるだけで幸福感で満たされる。思わずその手に頬を寄せると、彼は頬から手を離して小さく息を吐いた。

「明日、朝が早いから、家に送るだけになるけど、いいかな？」

彼の声が少し掠《かす》れているような気がする。仕事で大変なのに星南を送ってくれると言うのが、彼の優しさと愛情の表れみたいに感じて胸がいっぱいになる。

「もちろんです！　ありがとうございます」

恐縮して軽くペコッと頭を下げると、その頭を撫でられた。優しい手だな、と思いながら彼と並んで歩き、今日の朝と同じ車に乗った。

スムーズに発進した車が自分の家へと向かうのを見ながら、星南はそっと彼の横顔を見る。

「会いに来てくれて嬉しいです」

素直な気持ちを口にする。彼とのお付き合いがいつまで続くかという不安はあるけれど、この気持ちを大事にしたいと思った。

「そう言ってもらえると俺も嬉しい」

怜思は柔らかく笑って、慣れた仕草でハンドルを操作する。少しして彼は、ぽつりと「この先の仕事だけど」と切り出した。

「しばらく外国での仕事が続くと思うんだ。CM撮影と、君が好きだと言っていたファンタジー映画の続編。撮影が始まったら、たぶん三ヶ月から四ヶ月は日本に帰ってこられないと思う。撮影が押せば、それ以上……」

怜思の言葉を聞いて、ファンとして嬉しい反面、寂しくて不安な気持ちが湧き起こる。海外に行くということは、日本にいないということ。要するに、今以上に会えなくなるということだ。

「そう、なんですね……」

いけないと思いながらも、つい沈んだ声が出てしまう。

「撮影に入るのは、まだ二ヶ月以上は先だから。それと撮影に行く前には、君と会う時間をたっぷり作りたいと思っているんだけど……いいかな？」

語尾に迷いを感じて、星南は顔を上げた。

横顔をちらりと見ると、綺麗な顔にどこか影がある。夜だし、暗いからそう思うのかもしれないが、怜思も離れることを寂しいと感じてくれているのかもしれない。そうだったら、嬉しいと思う。

「音成さんが、大丈夫なら……私は、いつでも」

会いたいと思う。自分の中に彼を繋《つな》ぎ留める何かがあるとは思えないけれど。星南が心から好きだと思う人は、この人しかいない。

「……じゃあ、近いうちに会える日を連絡する。俺の家、わかるかな？」

「たぶん……」

「そうか。念のため、あとで住所をメールで送るよ。できれば、これからは家で会いたいけど、いいかな？　事務所の社長がいろいろとうるさくてね」

ごめんね、と言った彼の事情がわかるので、星南は頷いた。

「はい」

「星南は……自由に会うこともできない男と付き合うのは、平気？」

明るい口調なのに、その言葉はどこか暗く沈んで聞こえた。

「……私を中心にしても、音成さんを中心にしても、合わない時は普通にあるんじゃないでしょうか？　それに私の仕事はそこまで不規則ではないし、音成さんの都合に合わせるのに、何の問題もないと思うんですけど……」

怜思の仕事は、きっと時間が見えない時もあるんだろうなと思う。たまにバラエティーなどを見ていると、そういう内情を話す俳優さんたちがいるからだ。

「どちらかが合わせるとしたら、私が音成さんに合わせます。ただ、三ヶ月以上も会えないのは、やっぱり寂しいので……できれば、その途中で、会えたりしたら嬉しいですけど……」

まだしばらくは日本にいると言っても、会えない期間はどうすればいいんだろう。星南にもっと時間とお金があれば、自分から会いに行けるのだろうが、それは難しいだろう。

怜思は星南の言葉にただ笑った。そして、無言のまま星南の手に左手を伸ばしてくる。

運転中に、こういうことをしていいのだろうかと思った。けれど、彼の手の温もりが心地よくて、星南は何も言わず彼と手を繋《つな》ぐ。

「そうだね。できれば、会いに行きたいところだけど、俺からは無理かもしれない。海外の映画は撮影期間が決まっているしね。……できるだけメールするから」

「はい」

笑って返事をすることしかできなかった。彼の負担になりたくないのに、困らせてしまったかもしれない。離れるのを寂しいと思っているのは同じなのに、海外での撮影と聞いただけで距離を感じてしまう。

外国に行ったことさえない星南と違って、彼にはそれが日常なのだ。

理解しているようでちっともわかっていなかった事実に、落ち込んでしまう。

せっかく怜思と二人っきりの時間だというのに、星南は上手《うま》く話せなかった。本当はもっといろいろ話したいと思っても言葉が出てこなかった。

まだ、彼氏になって間もない大好きな人。売れっ子芸能人で世界的俳優の音成怜思は、やっぱり大きくて遠い存在なのだと思い知らされる星南だった。

☆　☆　☆

それから一週間――

怜思は毎日メールをしてくれた。もちろん、星南も返信をして、時々は電話で話をした。今日は何があったとか、こんなことがあったとか、他愛のない話だけど嬉しかった。

その日も、ちょうど帰宅した時、着信メロディーが聞こえてきたので急いで電話を取る。

「も、もしもし」

『もしもし、星南？　今、大丈夫？』

「はい、帰ってきたとこです」

星南は荷物を下ろしながら、笑みを浮かべる。

『そうか、お疲れさま。今日はどうだった？』

「うーん、今日はこれと言って……あ、でも残業しないで定時で帰れました。同僚から食事に誘われたんですけど、今月は友人の結婚式があるからちょっとピンチで。残念だけど、断ってきました」

だけど、そのおかげで怜思とゆっくり電話できるのだから、誘ってくれたエリコには悪いけど断ってよかったと思ってしまう。

『へぇ、結婚式か……星南、綺麗な恰好して行く？』

「それは、まあ、結婚式なので」

星南は結婚式用の綺麗なひざ丈のドレスを二着持っていた。色は淡いピンクと、ラベンダー。悩みに悩んで、今回はピンクのドレスで行くことに決めた。バッグは無難に黒のクラッチだが、大切に使っているお気に入りだ。

『綺麗な恰好の星南かぁ。ねえ、結婚式っていつ？』

「二週間後の土曜日です。久しぶりに同級生と会うから楽しみで」

『二週間後の土曜、ね……ちょっと待ってて』

電話口で、何かを確認するみたいなごそごそという音が聞こえてくる。

彼とはすでに一週間会えていない。忙しい合間にこうして連絡してきてくれるけど、できればもっと頻繁《ひんぱん》に会いたいと思うのは、やっぱりわがままだろうか……

そんなことを考えていると、怜思の明るい声が聞こえてきた。

『その日と次の日はオフだった。送迎するよ、星南』

「え、そんな！　せっかくのお休みに悪いです！」

『どうして？　彼氏が彼女を送迎するのって、普通でしょ？』

電話口でそう言って笑った彼に、星南の胸がときめく。もし会えるのなら楽しみだ。

いや、でも……彼とは二週間後まで会えないのだと思うと、それはそれで寂しいかもしれない。

星南は欲張りになってきている自分を自覚していた。だって、これまではテレビや写真で見るだけで幸せだった存在に、直接会いたいと思っているのだから。

「嬉しいです……私も、早く音成さんに会いたい……」

思い切って言ったら、彼は電話口で黙ってしまった。

出過ぎてしまっただろうか、とスマホを握りしめ星南は焦ったように言葉を繋《つな》げた。

「あの、特に深い意味はないんです！　すみませんでした、変なこと言って！」

本当は無理をしていた。会いたいと思っているのは、自分だけなのかもしれないと思うと落ち込む。

でも、怜思は芸能人だ。一般人の星南とは住む世界が違いすぎる。気軽に会いたいなんて、わがままを言ってはいけないと、そう思った。

『会いたい、星南』

低く、ため息まじりの声が聞こえた。

「え?」

『けど、君は明日仕事でしょ? 俺、今会ったらセックスしないでいられる自信がない』

彼に言われたことを反芻《はんすう》する。セックスしないでいられる自信がない、という言葉に星南の顔が熱くなってきた。

それと同時に、彼も星南に会いたいと思ってくれていたことに心が震えた。先ほどまでは、わがままを言ってはいけないと思っていたのに、何も考えられなくなってくる。

今はただ、彼と一緒にいたい――その強い気持ちがあるだけ。

自分は真面目《まじめ》すぎるくらい真面目《まじめ》で、家と仕事場の往復しかしない人間だ。なのに、憧れの人に恋をして、自分らしくない自分が頭を出し始めた。

本当はこんなことしない方がいいとわかっているのに、心が彼に会いたがっている。

「仕事ですけど、大丈夫です。……私も、音成さんに会いたい」

星南は強くスマホを握りしめて彼の言葉を待った。

『……今日明日は、身動きできないんだ。朝も早く出るから』

これだけだったら、彼は迷惑なのだと思っただろう。

『でも、君が会いに来てくれるなら、俺も会いたい。……本当にいいの、星南？　来たら、君を抱くよ。……それでも、来てくれる？』

熱のこもった低い声。ちょっと掠《かす》れているそれが、かなり耳に毒、という感じで堪《たま》らなかった。こんな声をした音成怜思を、星南は知らない。

彼に抱かれるのには、まだまだ戸惑いやためらいがある。やっぱり痛かったし、身体の違和感は抜け切っていない。けれど、怜思は優しかった。

宥《なだ》めるようなキスや、身体を優しく撫でる手の感触。何よりも怜思が星南を求める視線が好きだった。だから、彼との行為は決して嫌ではなく、むしろ求められることに嬉しさを感じる。

あの熱く濃密な時間をもっと感じたいと思った。

「行きます……今から用意してすぐに出ます……」

『わかった……待ってる』

「じゃあ、あとで」

『うん。気を付けてくるんだよ』

電話を切った途端、すっくと立ち上がった星南は、スマホを片手に通勤バッグの中を探った。メーク道具などを見て、足りないものを考える。

星南は飛び上がりそうな気持ちを抑えつけ、最小限の荷物になるよう急いで用意を始めたのだった。

☆　☆　☆

バスと電車を乗り継いで、彼の住む高層マンションの前まで来た。この前もここから出勤した、と思いながら仰ぎ見る。

でも、そんな別れの朝の記憶はいらない。今はとにかく、早く彼に会いたかった。自然と歩く足を速め、気付くと小走りになっている。

マンションのエントランスで、怜思に教えてもらった番号を打ち込む。すぐに彼から応答があって、『どうぞ』という言葉と共に入り口が開いた。

エレベーターを操作し、目的の階に着く間もドキドキしていた。

一週間前、この中でずっと彼と手を繋《つな》いでいたことを思い出し、星南は自分の手をギュッと握りしめる。同時に、彼の体温に包まれ、熱く抱かれた夜を思い出した。

今日もまた怜思に……と思うと、鼓動がさらに速まる。身体が火照《ほて》っている気がした。

動悸の治まらない胸を押さえてエレベーターを降り、彼の住む部屋へと向かう。そして、ドアの前に立って深呼吸をした。

何度かそれを繰り返し、震える指でインターホンを押す。すぐに中から物音がして、ドアの鍵を外す音。そして、目の前のドアが開き、現れた彼に星南は笑みを浮かべた。

しかし、挨拶《あいさつ》をする間もなく部屋の中へ引き込まれて、気付くと彼の腕にすっぽりと抱きしめられていた。肩から荷物が落ちて、あ、と思っていると顔を持ち上げられた。

「星南、会いたかった」

そう言って怜思が顔を近づけてくる。

唇が触れ合ったかと思うと、呑み込まれるみたいに星南の唇が強く吸われる。

「あ……っん」

ひとりでに甘い声が出てきて、彼の身体にしがみつく。

まだ靴も脱いでいないのに、玄関先でこんなことをするなんて……

まるで、彼が演じるドラマの中に入り込んでしまったようだ。でも、これがドラマでないのは、自分自身が一番よくわかっている。

怜思は星南の唇を角度を変えて何度も吸い、口の中に舌を入れて絡《から》めてくる。すぐに、口腔《こうこう》に唾液が溢《あふ》れてきて、舌を絡《から》めるたびにくちゅりと水音が聞こえた。

息をつく間もない口づけに、口の端から唾液が零《こぼ》れそうになる。気付いた彼がそれを舌で舐《な》めとって、再びぴったりと唇を重ね合わせてきた。

恋人とは、こんなに甘いキスをするものなのだろうか。

何もかもが初めての星南にはわからないことばかりだ。

彼が好きだから、こんな風にされるのが気持ちいいの？　それとも、誰とするキスも同じくらい気持ちがいいのだろうかと不安になる。

足から床に崩れ落ちそうになるのを我慢し、夢中で彼にしがみついた。

それを察した怜思は、星南の身体を抱き上げ、キスを交わしながら歩いていく。

「は……っ……おと、なりさ……っ」

彼の名を呼ぶと、より深く唇を重ねられた。

ベッドに行きついたのがわかったのは、身体を下ろされたから。

彼はすぐに身体を重ねて、星南の服を剥《は》ぎにかかる。

「星南……欲しい」

憧れの彼が、星南を欲しいと言う。

そんなの、いくらだって、と思った。

「音成さんの、好きなだけ」

乱れた息を吐きながら言うと、彼が首筋に顔を埋《うず》めて笑った。

「そんなこと言うと、お互い明日、仕事できなくなるよ」

でも、と言って、怜思は星南のブラウスを脱がせる。そして、ブラジャーのホックを外しながら、熱い目で見つめてきた。

「困るよ、ほんと。こんなに欲しいと思うのは、初めてだ」

明日のことなんて、もうどうでもいい。

こんなに星南のことを欲しがってくれる彼は、夢のようだけど夢じゃないんだ！

「音成さん……すきっ」

星南がそう言うと同時に、彼は性急に動き出した。

キスをしながら、身体に触れてくる。

「星南……っ」

彼の両手が胸を強く揉《も》んだ。中途半端に服を着たまま、怜思は唇を星南の胸に寄せる。乳房を吸われ、チリッとした痛みと共に赤い痕《あと》が残った。

「会いたかった」

言われるのは二度目だが、今の言葉はあまりにも情感たっぷりだった。それだけに、本当に会いたかったとわかる、どこか余裕のない言葉。

「私も……っ」

彼に手を伸ばし、髪の中に手を入れるように抱きしめる。彼の息遣いをすぐ側に感じ、それだけで星南は小さく喘《あえ》いだ。

くる。

左右の乳房を唇で愛撫《あいぶ》しつつ、彼の手が星南の腰骨を撫でてスカートの中に入ってくる。

「ぁ……っ」

「胸、柔らかい」

「そんなこと……っ」

もう片方の手で、乳房の尖った部分をキュッと摘《つま》まれると、彼に差し出すように胸を揺らしてしまった。

そうしながら星南のスカートを腰までめくり上げて、ショーツの中に手を入れてきた。怜思はじゅっと音を立てて乳房から唇を離し、また吸い付く。

「少し濡れてる」

星南の足の間を何度か上下に撫で上げた指が、やや性急に中に入ってくる。

「あんっ！」

指が入る瞬間、確かに小さな水音が聞こえた。キスと少しの愛撫《あいぶ》で濡れてしまった自分が恥ずかしい。でも、それくらい星南も彼を求めているのだ。

胸を愛撫《あいぶ》していた彼の唇が、星南の顎《あご》の先に触れて軽く歯を立てる。それからまた胸に戻り、食《は》むように柔らかな肌に歯を立てた。

「んっ……」

少し痛いけど、それが彼の思いの強さを物語っているみたいで嬉しくなる。

「ごめん、余裕ない」

星南は彼の言葉に頷いた。背骨に触れている彼の手が、熱を帯びてしっとりしているのに気付く。汗をかいているわけではなく、星南がそうさせているのだと思うと、堪《たま》らない気持ちになった。

「もっと、触って」

こんな言葉を言う自分が信じられない。でも、熱に浮かされたように、彼のシャツに指を這《は》わせてその下の肌に触れた。綺麗なカーブを描く背中に触れるだけで、身体の奥が疼《うず》くのを感じる。

「もう一度言って、星南」

星南の中の指が動く。もうすっかり潤《うるお》っているソコは、彼の指をぎゅっと締めつけ、奥まで呑み込んだ。

「音成さん、はやく、も、ダメに……なりそう……っ」

喘《あえ》ぎながら言うと、怜思は星南の中の指を増やして回すように動かした。

「俺も同じだ。だから、もう一度言って……触って、って」

言葉を出すのさえ、苦しい。それくらい彼が欲しくて堪《たま》らなくなっている。

初めての時はあんなに痛かったのに、今は早く彼を受け入れたくてしょうがない。

好きだという思いがそうさせるのかもしれないと思った。

「触って、音成さん……っ」

涙を浮かべてそう言った星南に、彼は唇を重ね貪《むさぼ》るようなキスをしてくる。何度も角度を変えながら深く舌を絡《から》め、溢《あふ》れる唾液ごと強く吸った。

ようやく唇を離した怜思は、濡れた唇を拭《ぬぐ》って星南の服をすべて剥《は》ぎ取る。

「好きだ、君が」

全裸で足を大きく開かされた。羞恥心《しゅうちしん》が強くなり彼から顔を逸《そ》らすと、元に戻される。

「俺を見てて、ずっと」

余裕のない声を聞きながら星南は彼の背に手を伸ばした。彼は折り重なるように星南の上に乗り、その重みで自身のモノを一気に押し入れた。

「ああっ！」

眉を寄せて目を閉じると、そのまま身体を引き起こされて彼の腰の上に座らされる。さらに繋《つな》がりが深くなり、咄嗟《とっさ》に膝で彼の腰を強く締めつけてしまう。

「君の中はいい。狭くて」

軽く身体を揺すられ、彼のモノがより奥へと届いてビクンと腰を揺らす。少し身体を離した彼が星南を見つめてきた。その視線を受け止め、信じられないことに自分から唇を寄せる。

「んんっ！」

キスをしたまま下から何度も突き上げられた。

一度抱かれたあとだからなのか、身体を繋《つな》げるという行為へのハードルが少し低くなったのか。

恥ずかしいと思いながらも、星南は怜思に求められるまま身体を開き乱れるのだった。

9

好きな人から欲しいと言われ、自分も望んで彼と身体を繋《つな》げた翌日。

アラームの音が聞こえて、ベッドの上で伸ばした星南の手が空《くう》を切った。

隣にいたはずの人は、すでに部屋を出て行ってしまったようだ。

「あ……」

途端に襲ってくる寂しい気持ちと、空虚感。

あれだけ近くにいたのに、その彼はもういない。

アラームを止めて、時間を見ると出社にはまだかなり余裕のある時間だった。木曜日の今日は、当然仕事だ。おそらく彼が、気を利かせてアラームをセットしていってくれたのだろう。

星南はノロノロとベッドから起き上がった。

ぼんやりと視線を巡《めぐ》らせると、星南の服がきちんとハンガーにかけてあった。その配慮に感謝しつつ、星南は下着姿のままベッドから下りて服を身に着ける。

そうしてリビングへ行くと、そこはしんとしていて、まったく人の気配がない。それで本当に、ここに彼がいないのだとわかる。

彼は今日、朝が早いと言っていた。昨夜の熱さが嘘のように、彼はその痕跡《こんせき》をすっかり消している。そんなところにも、彼の仕事に対するプロ意識を感じた。

「すごいなぁ」

熱く掠《かす》れた彼の声は、まだ星南の耳に残っている。

星南は自分の身体に残る倦怠感《けんたいかん》に一抹《いちまつ》の不安を覚えた。

彼は優しくゆっくり抱いたかと思えば、少し強く星南のことを揺さぶったりして、かなり体力を使ったはずだ。割と遅くまでしていたし、大丈夫だろうかと彼の身体が心配になる。

そうして、ふと視線を移すとテーブルの上に手紙らしきものを見つけて、手に取った。

『星南へ　一人にしてごめん。早朝撮影がなかったら一緒に起きて、会社まで送って行ったのに……残念です。合鍵を置いていきます。また来る時に使ってください。では、また連絡します』

彼の字は綺麗だった。まるで彼自身を表すような、流麗で整った文字。

優しくて、仕事にも真摯《しんし》な彼らしい字だと思った。

「素敵な人……ほんと、私にはもったいないくらい……」

手紙の文字を指でなぞるように触れる。

「音成さん、好きです。……やっぱり今も、私なんかがあなたの隣にいていいのかなって思うけど……でも、それでも側にいたいって思っているんですよ」

手紙に語りかけても、返事があるわけじゃない。

なんだか最近、独り言が多くなった気がする。

たぶん、それくらい心の中で整理がつかないことが起きているから。

恋愛って、こんなに心が乱れるものなんだと初めて知った。

ついぼんやりしてしまうが、星南も今日は仕事だ。早く支度をして、電車に乗らなければならない。なのに、ここから動きたくないと思ってしまう。

ずっとここにいて、彼の帰りを待っていたい。そう思ってしまう自分はダメなんだろうけど。

「仕事、行きたくないなぁ……」

初めての時、彼は仕事を休めばいいと言ってくれた。でも星南は、自分で出社することを選んだ。

でも今日は、頭では出社しなければとわかっているのに、身体が動かない。

もっと、怜思の顔を見ていたい。彼の側にいて抱かれたい。

彼のことを好きになって、互いの住む世界の違いを感じるほどに、側にいて深く繋《つな》がっていたいと思うのだ。

もう一度ベッドに戻り、彼の匂いに包まれて眠りたい。そして帰ってきた彼にお帰りなさいと言って迎えるのだ。そんなことを真剣に考えてしまう。

仕事も何もかも放り出したくなった星南は、ぐっと下唇を噛んだ。

そうしてダメな自分を叱咤《しった》して、身支度を整えるのだった。

☆　☆　☆

恋愛中だからって、仕事を休むわけにはいかない。それは当たり前のことだ。

しかし、出社した星南はちっとも仕事に集中できずにいた。

彼と過ごした時間を思うと、どうしても仕事よりも彼といたい気持ちが強くなってしまう。

恋愛で生活そのものが変わってしまう人がいると聞いたことがあるけれど、まさか自分がそうなるとは思ってもみなかった。

星南は音成怜思という人を、ずっと見ていた。テレビで、時には大きなスクリーンで。どんなに汚れた役をしていても、彼の姿はとても端正で、とても力強くてカッコよかった。

そんな素敵な人が彼氏なのだから、少しくらいダメにもなるよ、とつい自己弁護してしまう。

しかし、星南は社会人なのだ。お給料をもらっている以上、きちんと仕事をしないといけない。

それに、怜思は早朝から出かけてお仕事をしているではないか。彼が仕事に対して誠実なのに、自分がそうでないなんて、彼に顔向けできない。

彼に恥ずかしくない自分でいないと、と気持ちを引き締めて仕事に集中するのだった。

「星南ちゃん、今日も仕事頑張ってるわね」

ふふ、と笑うエリコが星南を見た。

「はい」

「でも、時々、物思いにふけっているのが気になるのよねぇ。何か心配事？」

目ざとくエリコに指摘されて、恥ずかしくなってしまう。

どんなにちゃんとしようと思っても、ふとした時につい彼のことを考えてしまうのだ。

恋を知らなかった自分は、仕事中に上《うわ》の空になることなんてほとんどなかったのに。

「ごめんなさい。気を付けます……」

「もしかして彼氏のこと？　星南ちゃん、その人のことが本当に好きなのねぇ」

しみじみした口調に星南が顔を上げると、エリコは顔を画面に戻してパソコンを操作し始める。

「彼といて、楽しい？」

「そう、ですね……一緒にいたら落ち着く感じです。まだ出会って間もないんですけど、優しいし、好きだと、言ってくれるので」

自分で言っておいて、顔が熱くなる。目の前の仕事に集中しようとキーを打つのだが、タッチミスをしては打ち直すというのを何度も繰り返してしまう。

「その彼とは、毎日会っているの？」

「いえ、忙しい人なので……」

「付き合ったばかりでそれは、ちょっと寂しいわね」

星南はその言葉にただ微笑んだ。

寂しい時もあるけれど、彼が星南を大事にしてくれているのがわかるから、会えなくても彼を待っていられる。

だって、音成怜思が私を好きだと言ってくれるのだ。自分の方がよっぽど忙しいだろうに、残業して遅くなった星南を迎えに来てくれて、本当に嬉しかった。

初めて経験したセックスも、痛み以上に彼に与えられる快感や体温を心地よいと思えるほど。

「寂しいけど、彼が頑張っているのを知ってるから……。そんな彼を、すごく尊敬しているんです。彼は私の考えを尊重してくれるし、優しくてとてもいい人で……大好きなんです」

思わず惚気《のろけ》てしまった自分に驚く。焦ったように顔を上げて、つい取り繕《つくろ》ってしまう。

「時々私にはもったいないと思うこともあるんです。でも、彼の存在が、本当に大事なんです」

星南が言い切ると、エリコは柔らかく微笑んだ。

「そっか。星南ちゃんは今、とってもいい恋をしているのね」

エリコの言葉に、星南は赤くなりつつもしっかりと頷いた。

「はい。好きな人と一緒にいられて幸せです」

そっか、と答えたエリコは、パソコンの画面に目を戻しつつ意味ありげに笑った。

「しっかし星南ちゃん、今日は彼氏の家からご出勤だったのね？」

ニヤニヤしながらタイプするエリコの横顔を見て、星南の顔が熱くなる。

「そ、そんなこと……！」

「えー？　そうなんでしょう？」

肯定も否定もできず、恥ずかしくていたたまれない。

彼の家にお泊まりイコール男女のアレコレをやりました、みたいな感じ。

確かに星南は、怜思とエッチなことをした。彼に喘《あえ》がされ、背をしならせて、腰を揺らした。

彼もまた掠《かす》れた声で名を呼び、大人の男の色気全開で、星南を感じさせたのだ。

自分があんな風になるとは思わなかった。それくらい濃密な時間を、怜思と共有した。

「もう、その話題はやめてください、恥ずかしいんで」

手で熱くなった顔を扇《あお》ぐ。すると、エリコは、そうね、と今度は嬉しそうに笑った。

「星南ちゃんには、ちゃんと幸せになってほしいからね。今日も残業なしで頑張ろう！」

「はい」

素直に返事をする星南に、エリコがヤバッ、とパソコン画面に視線を戻した。

「課長こっち見てる。しゃべってるけど、サボってないのにね」

肩をすくめながら言うのに対して、星南はそうですね、と同意する。

エリコは、星南の付き合っている彼氏が音成怜思だと知ったら、どう思うだろう。

きっと、すごく驚いて、同じくらい心配されるかもしれない。

だって彼は、知らない人はいないくらいの有名人。テレビをあまり観ないお年寄りだって、あの人は綺麗な俳優さん、と言うくらいの人なのだ。

エリコにはいつか話したいと思うけれど、今はまだその時じゃない。まだもう少し、ひっそりと大切にお付き合いを続けたい。

好きだという気持ちを、もっと育てたいと思うのだ。

奥手だと思っていた自分が、こんなことを考えるようになるなんてびっくりだ。それもこれも、怜思と出会って、恋をしたからだろう。

今朝、仕事に行きたくないとぐずぐず悩んでいた自分を思い出して、心の中で小さく笑った。

恋は自分を堕落させるだけでなく、前向きに成長しようという力にもなるんだと実感する星南だった。

☆　☆　☆

翌日の金曜日、仕事を定時で終わらせてパソコンをシャットダウンすると、星南は席で大きく伸びをした。今日も早く帰れると思うと気持ちが明るくなる。おまけに明日は休日だ。

録《と》り溜めたテレビ番組を見るのもいいし、溜まった洗濯物もどうにかしないといけない。

「星南ちゃん、今日ウチの旦那遅くなるからご飯食べていかない？」

この誘いはとても魅力的だ。今月はいろいろとピンチだけど……星南は声をかけてきたエリコを見て頷く。

「はい！」

「あら、いい返事。彼氏はいいの？」

エリコの言葉に、ちょっと考える。昼休みに、今度はいつ会えるかメールしたのだが、返事はまだきていなかった。

「忙しいみたいです。メールに、返事がないから。今日は、女子会しましょう？」

「そうね！　じゃあ行っちゃう？」

「行っちゃう！」

二人で笑い合って、どこに行くかを相談しながら帰り支度をする。しばらくこういうことはなかったなぁと思いながら、結局行き先が居酒屋に落ち着いたことにまた笑った。

リーズナブルな居酒屋の方が、お腹もいっぱいになるし、お財布にも優しい。

素敵なレストランでの食事もいいけど、星南はどちらかというと居酒屋の方が気楽で好きだった。

二人並んで、会社の近くにある馴染《なじ》みの居酒屋へ歩いて向かう。

歩きながら、お互いに電車の時間を忘れず意識し合おう、と約束した。

目的のお店に着くと、まだ早い時間のためか、人もまばらで自分たちの好きな席に座ることができた。

「私はハイボールかなぁ……星南ちゃんは？　相変わらずカクテル系？」

「そうですね……ハイボールはちょっと大人な味なんで。カクテルの方が飲みやすいです」

「カワイイよねぇ。本当に、そういうところ彼氏もツボなんじゃないの？」

「そんなことないですよ」

さっそくエリコがハイボールを注文し、星南もカシスオレンジを頼んだ。

「カシオレって、可愛い飲み物よねぇ。私もそういう時があったんだけど……」

「だったらエリコさんも、久しぶりにカシスオレンジにしたらどうですか？」

「ダメよ！　あんなの、十杯は頼まないと飲んだ気にならないもん」

エリコはお酒に強いので、確かにそれくらい飲まないとダメかもしれないと思いながら笑った。すぐにカシスオレンジとハイボールが運ばれてきて、乾杯をして一口飲んだ。

適当に料理を頼んだところで、エリコが身を乗り出してくる
「じゃあ、星南ちゃん。さっそく彼氏について教えてもらいましょうか？」

「ええ？」

「あら、女子会と言えば、当然コイバナでしょー」

ふふふ、と笑ったエリコに星南の笑みが引きつってしまう。結局、エリコの勢いに押されて、星南は彼との出会いから付き合うに至るまでをあれこれ聞き出されてしまった。もちろん、言えないことがたくさんあるので、その都度《つど》しどろもどろになってしまったのだが……

「そんなドラマみたいな出会いが本当にあるのね。……悪い人じゃないのならいいけど」

「そんな人じゃないです！」

上手《うま》く伝えられない自分が歯がゆい感じ。そんな人じゃない、というか、彼は全然悪くないのだ。

「ごめんね、星南ちゃん。ただちょっと心配に思っただけなの。……いい恋をしているのは星南ちゃんの顔を見たらわかるから」きっと、すごくいい人なのね」

「はい。すごく真面目《まじめ》で、仕事にも真摯《しんし》な人なんです。朝早くから仕事をしたりしていて……」

星南より早起きをし、仕事に出かけて行った怜思。詳しく聞いていないけれど、おそらく何かの撮影だろう。

「え？　そんなに朝早く？」

「はい。早朝の仕事が、結構あるみたいです」

時間や天気に左右されるから大変なんだ、と寝る前に教えてくれた。

「へー、どんな仕事している人なの？」

エリコから聞かれて、一度目を見開いて瞬《まばた》きをした。

なんて答えていいか迷ってしまう。相手が音成怜思ということは話せないので、星南は当たり障《さわ》りがないだろうことを伝えた。

「その、テレビ関係の人です。今日は朝から撮影があるって、言われてて」

「ふーん……そう」

どこか腑《ふ》に落ちないような顔をされたけれど、テレビ関係の仕事をしているのは本当だ。

ふと店内に視線を移すと、テレビに夕方のニュースが流れていた。

「いつも、代わり映《ば》えのしないニュースばっかりよねぇ」

「そうですね」

なんとなく二人でテレビを見ていると、政治家の不正問題のニュースが流れていた。

すぐにパッと画面が切り替わり、怜思の顔がモニターに映る。

あ、と思って思わずじっと見ていると、彼と最近人気の若手女優が並んで映し出され、熱愛発覚？　と見出しが出た。

「え……？」

「あーら！　音成怜思だ！　星南ちゃん大好きだもんね。今度は若手女優の真下《ました》しおり？　へー、あの子、美人だけど仕草とか表情とかは可愛いのよねぇ」

最近テレビでよく見かける真下しおりという女優。年は星南より三つ下だったと思う。色白で、目が大きくてお人形さんみたいな容姿をしている。スタイルも抜群で、こんな風になりたいと憧れる女の子が多いらしい。

好感度も高く、演技も上手で、星南もひそかにいいなぁ、と思っていた。

「音成怜思って、三十二か三だっけ？　結構若い子に手を出すねぇ。でも、彼って年齢よりかなり若く見えるから、別に大丈夫な気がするわ。っていうか、美男美女でお似合いねぇー！」

テレビで流れている映像は、確か、新しい映画会見の時のものだったと思う。二人で並んだ姿は、エリコの言う通り確かにお似合いだった。

『音成さんと真下さん、ビッグカップルですね？』

『そうなんですよ。まさに美男美女カップルの誕生ですね……爽《さわ》やかで』

声高に話すテレビのコメンテーターの声が、すごく頭に響いた。

彼はそういう人じゃないってわかってる。

星南と付き合いながら、他の誰かと付き合うなんてことはしないはずだ。

でもテレビの中では、怜思と真下しおりは、爽《さわ》やかでお似合いのカップルだともてはやされていた。

星南なんて、真下しおりの足元にも及ばない。容姿だってスタイルだって、誰が見ても彼女の方がいいと言うに決まっている。

星南は、膝の上でぎゅっと手を強く握りしめた。

彼を信じたい。必死に、彼の言葉を思い出し何度も頭の中で反芻《はんすう》する。

だけど、不安ばかりが湧き上がってくる。

その言葉で十分だったはずなのに、いつの間に自分は、それ以上を望むようになったのだろう。

こういう時、住む世界の違いをはっきりと思い知らされる。

どんなに会いたくても、彼はテレビの中。

星南は鞄《かばん》からスマホを取り出す。昼に送ったメールに返事はなくシーンと静まり返っていた。

「どうしたの？　星南ちゃん」

「あ、彼から返信がこなくて。忙しいのかな……」

「テレビ関係なら忙しいかもね。でも、ちょっとした連絡くらい、欲しいわね」

「そう、ですね……。もう少し待ってみようかな」

星南はカシスオレンジを飲む。今日はいつもよりもアルコールが強い気がしたが、一気に半分まで飲んだ。いつの間にか喉が渇いていたらしい。

「いい飲みっぷり。今日は彼氏のことなんか忘れて、たくさん飲んで楽しもうね！　久しぶりの女子会なんだから」

「そうですね」

ぎこちない笑みを浮かべて、星南は運ばれてきた料理に手を付ける。

いつもとても美味《おい》しいと思う料理なのに、あまり味を感じなかった。とにかく喉が渇いて、カシスオレンジを流し込み、二杯目を頼んだ。

「ねぇ、今度星南ちゃんの彼氏に会わせてよ。あ、その前に写真見せて、撮ってる？」

「いいえ。……彼の都合が合えば、会わせますよ」

「そう？　楽しみね」

笑顔のエリコはぐいっとハイボールを呷《あお》った。そして彼女もお代わりを頼む。あんなに大きなジョッキだったのに、と星南は苦笑した。

エリコと会話しながらも、内心では先ほど観た怜思のニュースのことが気にかかってしょうがない。

ちらちらとスマホを盗み見る。でも、一向に彼からの連絡はこなかった。

たった一言、あの報道は間違いだ、と言ってほしい。

彼と一緒にいられるなら遊びでもいいと思っていた気持ちは、すでに星南の中にはなかった。

だから星南は、会いたい、と彼にメールした。

けれどメールの返信はなく、スマホは沈黙したまま。

心を不安でいっぱいにしながら、エリコとの女子会を続ける。

エリコといると楽しい。なのに星南は、今は誰よりも彼と一緒にいたかった。

こんなに思っているのに、あんな美人との交際報道を見せられるのは心に応《こた》える。

せっかく久しぶりのエリコとの食事なのに、星南はもう家に帰りたくなっていた。

テレビでは、まだ音成怜思と真下しおりの熱愛報道が続いていた。

『本当に美男美女って感じで。このお二人が並ぶと非常に絵になりますね』

『「音成さんは世界でも活躍する俳優なので、共演はとても刺激的で勉強になる」、と真下さんは新作映画の制作発表の際にコメントしていますね』

『映画で恋人役だった二人が、プライベートでも愛を成就《じょうじゅ》させたんですね。音成さんは一年ほど前に女優の羽根里佳子さんと破局してから、久しぶりの熱愛報道で……』

テレビは好き勝手に盛り上がったあと、唐突に違う話題へと移った。

その間も、笑顔で話しかけてくるエリコと、他愛のない話をする。笑みを顔に貼りつけ、落ち込んでいるのを気付かれないように、星南はエリコに相槌《あいづち》を打つ。

「星南ちゃんは、彼氏に不満はないの？」

テレビの熱愛報道のこともあり、星南はすぐにエリコの言葉に反応できなかった。

「彼氏に、ですか？」

思わず視線を泳がせてしまうが、これではいけないと笑みを浮かべた。

「そうよ。だって忙しくてなかなか会えないんでしょ？」

酔いが回ってきているエリコは、星南の話を聞く気満々だ。

「やっぱり文句言ったりする？」

「そうですね、やっぱり会いたい時に会えないのは寂しいです。でも、残業の時、会社まで迎えに来てくれたりするから……」

「えっ？　そうなの⁉」

嘘ー、と頭を抱えたエリコはものすごく残念という顔をした。

「いつ来たの？　見たかったー」

「えっと、この前残業した時です」

そっかー、と言ってハイボールを飲むエリコは、旦那さんの話をし始める。それに相《あい》槌《づち》を打ちながら、星南は内心ホッとした。どうやら彼氏のことから話題が逸《そ》れたみたいだ。

半ば愚痴《ぐち》になってきているエリコの話を聞きつつ、星南の頭の中は先ほどの熱愛報道でいっぱいになっている。

彼に抱きしめられて、すごく幸せだった。

会いに来てくれて嬉しいと言ってくれた彼の言葉に、嘘はないとちゃんとわかっている。

音成怜思と付き合っているのは、星南だ。

なのに、テレビの中で、綺麗な女優さんと並んで映され、お似合いですねと二人の熱愛が真実のように言われてしまうと、自分の方が間違っているのかもしれないと思ってしまう。

確かにあの女優さんは、美人で背も高くて怜思とお似合いに見えた。でも、たとえ人からはお似合いに見えなくても、怜思に対する気持ちでは星南も負けてはいない。そして彼も、絶対に星南のことを思ってくれている。そう信じたい――

でも、どうしたって不安に思ってしまうから、連絡が欲しいと思う。

たった一言でいい。好きなのは星南だと、耳元で言ってほしい。

電話じゃなくても、メールで一言、否定の言葉が欲しかった。

不安に押しつぶされそうな気持ちを抱えながら、星南は彼からの連絡をひたすら待つのだった。

☆　☆　☆

何度もスマホを見た。でもそのたびに返信がないことにがっかりする。

エリコと別れてアパートに帰り、一番にスマホを見たけれどやっぱり返信はなく、風呂に入ったあと確認しても同様だった。

こんなこと、今までになかった。彼はどんなに忙しくても、メールに気付いたらすぐに返信してきてくれていた。なのに今回に限って、いつまで待っても何の連絡もない。

やっぱり報道は本当で、星南とは遊びだったのかもしれない……そんな不安が胸に芽生える。

慌てて首を振って、その不安を打ち消した。

好きだ、可愛い、とあれだけ言ってくれた彼に限って、そんなはずないと自分に言い聞かせる。

夜も遅いし、そろそろ寝た方がいいと思うけれど、そんな気になれなかった。

明日は休みで、お酒も入っているというのに、妙に頭が冴えていてまったく眠気がやってこない。

「メール欲しい。電話じゃなくてもいいから……」

ぽつりとつぶやく。なのにスマホはシーンとしたまま。

ようやく音が鳴ったと思って手に取ると、エリコからのメールだった。

『今日は楽しかったね。また飲もう！』

途中から上《うわ》の空だった星南といて、楽しかったのならよかった、とほっとする。

それと同時に、エリコに悪いことをしてしまったと思った。せっかく誘ってくれたのに、星南は怜思のことばかり考えていたのだから。

『こちらこそ今日はありがとうございました。また誘ってくださいね』

星南はそうエリコに返信しスマホを置いた。

芸能人と付き合うということが、どれだけ大変なことかわかっているはずだった。だけど、どこかでまだ夢のように思っていたのかもしれない。

テレビの中の憧れの存在が、現実で星南を好きだと言って抱きしめてくれる。愛しげにキスをして、身体を繋《つな》げて、熱い時間を過ごした。まだ二度しか、彼とそういうことをしていないのに、もうすでに星南の身体は彼の体温を覚えている。

触れる手の感触や、星南の身体を揺らす速度も、何もかも。

「どうして連絡してくれないの？」

待っているのに、まったく反応しないスマホに苛立ってしまい、手に取って投げそうになる。

でもそれを堪《こら》えて、一度深呼吸をした。

彼は忙しいのかもしれない。こんな報道が出たあとは、出歩いたりできないだろう。それに彼の所属事務所も対応に追われているかもしれない。

星南に考えられるだけのいろんな可能性を思い浮かべて、彼がどれだけ大物芸能人なのか、ということを見つめ直す。

「夢じゃないけど、夢だった、っていう覚悟なんかしたくない」

星南はスマホを握りしめ、とにかく連絡して、と必死に思った。

けれど、連絡を待つ間に、とうとう眠くなり星南はベッドに横になる。

そしてスマホを握りしめたまま、眠りにつくのだった。

10

初めて星南を抱いてから一週間後。

平日にもかかわらず、彼女の方から怜思に会いに来てくれた。そのことが、すごく嬉しい。

一方的に気持ちを押しつけた自覚があるだけに、彼女も怜思と同じ気持ちでいてくれたことに、胸が熱くなった。

本当なら、自分から星南に会いに行きたかった。

しかし、早朝の撮影に合わせてマネージャーが迎えに来ることになっていて、家を空《あ》けられなかったのだ。もし自分が会いに行ったら、時間までに戻ってくる自信がなかったから。

予想通りの時間に星南が来ると、堪《たま》らなく彼女を抱きしめたい気持ちが湧き起こる。ドアを開けて彼女の柔らかい匂いを感じた時には、無意識にその身体を引き寄せていた。

「星南、会いたかった」

言うなり、怜思は星南の唇を奪った。星南は小さく喘《あえ》ぎながらも怜思のキスを受け入れ、舌をたどたどしく絡《から》めてくる。

しがみついてきた星南の身体をより一層強く抱きしめ、夢中で唇を貪《むさぼ》った。

少しでも時間があれば、彼女と一緒にいたいと思う。

これまで、どんなにイイ女と付き合っても、仕事が忙しい時に一緒にいたいなんて微《み》塵《じん》も思ったことがない。なのに、星南に対してだけは、どんなに短い時間でもいいから会いたいという気持ちになるのだ。

それだけ、彼女は特別ということだろう。

……ああ、柔らかい、気持ちがいい。

キスだけで、気持ちよかった。特に、これだけ強く星南の身体を抱きしめながらだったら、余計にだ。何度も唇の角度を変えて、まだ慣れない彼女に息継ぎをさせる。零《こぼ》れそうになる唾液をゆっくりと舌で舐《な》めとり、深くしつこく、彼女の柔らかい口腔《こうこう》を愛撫《あいぶ》した。

「は……っ……おと、なりさ……っ」

今にも崩れ落ちそうな彼女を、そのまま抱き上げた。キスを交わしながらベッドへ運んだのは、怜思の身体が限界だったから。

怜思はすぐに星南の上に身体を重ね、剝《は》ぐように星南の服を脱がしていく。

早くその白い肌に触れたくて仕方なかった。それでも星南は抵抗することなく、怜思にしがみつく。

いじらしい彼女を大事にしたいと思うと同時に、性急に身体を繋《つな》げたくて堪《たま》らなかった。

「星南……欲しい」

「音成さんの、好きなだけ」

「そんなこと言うと、お互い明日、仕事できなくなるよ」

彼女の首筋に顔を埋《うず》めてそう言いながら、余裕のない自分を必死に戒《いまし》める。でも、抑え切れない気持ちが今にも暴走しそうだ。

自分はセックスに何か特別なことを感じたことはない。柔らかな肌を愛撫《あいぶ》して、熱く蕩《とろ》けた女と繋《つな》がり、衝動のまま腰を動かして快感を追う——ただそれだけの行為だ。

なのに今は、服を脱ぐのももどかしく、明日の仕事のことなど考えられないくらい下半身が熱く滾《たぎ》っている。

「困るよ、ほんと。こんなに欲しいと思うのは、初めてだ」

「音成さん……すきっ」

熱に浮かされたようにそう言われた瞬間、怜思は息を呑んだ。今にも爆発しそうな自分の身体を必死に抑える。繋《つな》がる前に、イッてしまいそうなほど張りつめていた。

「好きだ、君が」

自分で自分がコントロールできない。信じられないほど、息も心拍数も上がっていた。だから性急に動いて彼女の下半身を露《あら》わにし、キスをしながら足の内側に触れる。そうして彼女の両足に手をかけると、恥じらいつつも素直に身体を開いてくれた。

怜思のために蜜を溢《あふ》れさせるそこを見ると、もうダメで。

怜思は手早くコンドームを付けると、逸《はや》る気持ちのまま彼女の中に自身を突き入れた。

「はっ！」

息を詰め一瞬だけ星南が苦しそうに眉を寄せる。

……ああ、ごめん。でも、君にだけは我慢ができないんだ。

身勝手な自分を自覚しながら、怜思はしばらく、彼女の身体に自分のモノが馴染《なじ》むのを待つ。

だが、全身を震わせて怜思を受け入れる彼女に、抑え切れない衝動が突き上げてくる。

これまでの自分とは別人になったみたいに、彼女へ強く腰を打ち付けるのだった。

☆　☆　☆

——翌朝の木曜日。

アラームが鳴る前に目覚めた怜思は、すぐに頭の中が整理できずボーッとしていた。

昨夜は、二度セックスをした。その後、気力でシャワーを浴びに浴室へ向かった星南を微笑ましく見送りつつ、ふらついている後ろ姿に再び性欲を刺激されるのをぐっと堪《こら》えた。

もう少し彼女が怜思に慣れたら、一緒に風呂に入って、いろいろさせてもらおうと密かに決意する。

星南の後にシャワーを浴びて戻ってくると、ベッドの上の彼女はすでに夢の中。

きちんと下着を身に着け、身体を小さく丸めて寝ていた。そんな彼女を、堪《たま》らなく可愛いと思いながら起こさないようにキスをする。彼女の温もりを直《じか》に感じたくて、怜思は裸のままベッドに入り彼女を抱きしめた。

「こんなのは君にだけだよ、星南」

怜思は眠る時、誰かと肌がくっついているのが嫌だった。一人の時は裸で寝るのもありだが、誰かが隣にいる時は絶対に寝間着を着る。

でも、星南は今までの女と違った。すごくいい匂いがして、さらりとして柔らかい。まるで、子猫が母猫に抱かれているような、いつまでもくっついていたい感じがする。ぼんやりしながら、怜思は自分に身を寄せて眠る星南を見下ろした。このまま彼女を置いて、撮影になんて行きたくない。

腕の中の彼女をそっと抱きしめた。

名残惜《なごり》しいが、仕事なので仕方なく起き上がる。下着を探して身に着け手早く服を着ると、軽く手で髪を直して帽子を被る。彼女のために書き置きを残して、もう一度寝室へ戻った。

このまま彼女を一人残していくのは本意ではない。大きくため息をついて、未だぐっすりと眠る彼女の隣に腰を下ろした。

「君が仕事を頑張るように、俺も頑張ってくるよ。手紙、テーブルの上に置いてあるから、起きたら読んでね」

さらさらと零《こぼ》れ落ちる星南の髪の感触を楽しみ、こめかみにキスをする。彼女の側を離れ難《がた》く感じつつ、静かに立ち上がった。

寝室のドアを閉め、そっと玄関のドアを開けると、目の前には驚いたマネージャーの顔。

「怜思……びっくりした。今ピンポン押そうと思ってたの」

「よかった。彼女、まだ寝てるから」

オートロックだから、ドアを閉めるとすぐに鍵がかかる。音を立てずに済むので、このマンションに住んでいてよかったと思った。

彼女、と聞いた時マネージャーが目をパチクリさせた。

「例の女の子と上手《うま》くいったの？」

「向井さん、俺が落とせないわけないでしょ？　これでも俺、美形俳優で名が通ってる男だし」

これまで自分の容姿にはあまり興味がなかった。でも今は、この顔と身体で生んでくれた両親に感謝したい。

好きな人を一発で落とせたから。

「あなたそれ、また自虐。まったくもう、そうやって自分の容姿を下に見るのやめなさいよね」

「頭が良くて、そこそこ整った顔をして、それなりに演技ができれば、誰でも売れるでしょ、だって。……そう聞くと、俺ってかなり厭味《いやみ》ったらしい男だよね」

別れたある女優に言われた言葉だ。

「もしかして羽根さん？　あんな別れ方するから、腹いせにそんなこと言ったのよ」

「でも、実際そうでしょ？　そのうえ親は有名バイオリニストで、妹は新進気鋭のピアニストだ」

エレベーターに乗り込むと、マネージャーの向井に肩を叩かれた。

「音成怜思は誰よりも素敵でカッコイイわ。私はマネージャーとしていつも鼻が高い。ちなみに、怜思が大好きな女の子も、私は好きよ。その内ちゃんと紹介してね」

今のマネージャー、向井は優しい。そして、いつも怜思に肯定的だ。変に自分を押し付けることもなく、したいようにさせてくれる。

「向井さんは、結構自由にさせてくれるよね」

「流動的なだけよ。これじゃあいけないと思う時もあるし、反省することもあるのよ」

「それがいい時もあるんだけどなぁ」

怜思は笑って、向井とエレベーターを出て、マンションのすぐ前に停めてある車に乗り込んだ。

「怜思、現場に着くまで少し寝てていいわよ」

「そう？　ありがとう」

怜思はマネージャーの言葉に甘えて目を閉じる。

昨夜の、あの柔らかく温かい身体を思い出しながら、ほんの少し休息をする怜思だった。

☆　☆　☆

今日は、撮影が終わったあとに、とある映画の打ち上げがあった。

主役が参加しないわけにはいかなかったし、面倒くさい気持ちもありつつ顔を出した。

それに、しばらく酒を飲んでいなかったので、身体がアルコールを欲しているようだ。

打ち上げは盛況で、出演俳優が豪華だったこともあり、会場のどこを見てもそうそうたる顔ぶれという状況だった。

「すごいな」

キャストを見た時もそう思ったが、そんな中で自分が主役を張るのもプレッシャーだった。だが、いい意味で勉強と刺激になり、最終的にはとても楽しめた現場だった。

それぞれが大人の節度を持って楽しんでいるのを見ると、こういうところは浮《うわ》ついていなくて、芸能人って礼儀正しいな、と思う。

「音成さん、楽しんでますか？」

今回、怜思の彼女役だった若手女優の真下しおりが話しかけてきた。

「ぼちぼちね」

当たり障《さわ》りなく答えると、彼女は綺麗な唇に笑みを浮かべた。

会った時から美人だと思っていた。テレビではそれなりに顔を見ていたものの、実際に会うと遥かに綺麗だと思った。

そんな彼女は、美人なだけでなく可愛さと、女優としての強さも持っている。撮影中、演技についてずっと監督に相談していたのが印象的だった。そうしたところに、彼女の努力が見て取れる。

「今回すごく勉強になりました。音成さんの間の取り方とか、言い回しとか……共演できて本当によかったです」

頭を下げる彼女に、怜思は微笑んだ。

「そう思ってもらえて俺も嬉しい。また共演できたらいいね」

「音成さんと共演したい人、いっぱいいますから。競争率高そうですね」

ふふ、と笑った顔も魅力的だった。もし怜思がフリーで、星南と出会っていなかったら、この子イイなと思ったかもしれない。

でも、怜思はもう星南というただ一人の女性と出会っている。

あの優しくて、可愛い顔立ちと、柔らかくていい匂いのする身体を知ってしまった。

どんなに美人の芸能人が目の前に立っても、きっともう何も感じない。

怜思の腕の中にいる星南が、この上なく美しく思えるから。頬を上気させて、自分の名を呼ぶ声を思い出すと、また抱きたくなってしまう。

「君が、今のような強さを持ったままだったら、また共演できると思うよ。近いうちにね」

真下しおりとは、また一緒に仕事ができたらと思う。撮影の際、彼女の意志の強い目に触発された演技が何度かあった。そういうエネルギーを持った相手と共演したら、自分もまだまだ成長できそうだと思う。

「頑張ります」

「お互いにね」

近くにあった空《から》のワイングラスを真下しおりに渡し、そこにワインを注《つ》いだ。自分のグラスにもワインを注《つ》いで乾杯する。彼女の笑顔は嬉しそうだった。

「私、映画の中で、本当に音成さんに恋をしていたんですよ?」

「ああ。俺も映画の中では、君に恋していたよ?」

「……そう、ですね。でも、現実になったら嬉しいなって思いました。……今は、羽根さんと別れてフリー、ですよね?」

「音成さん?」

羽根里佳子とは一年半ほど付き合った。彼女の最初の印象は優しくふわりとしたものだったが、付き合ってみると、気が強くしっかりしたところのある女性だった。初めの印象は崩れたものの、身体の相性は抜群だったたし、互いに大人で仕事に対する理解もあったから、付き合うのは楽だった。さっぱりした関係だったからか、割と長く関係が続いていたと思う。

でも仕事が忙しく疎遠になるにつれて気持ちも冷めていった。そんな中、星南と出会い、怜思から別れを切り出してそのままだ。

「残念だけど、好きな人がいるんだ。君は魅力的でいい女優さんだけど、それ以上には見られない」

微笑んだ怜思に、彼女は笑みを消して一瞬暗い顔をしたが、すぐに表情を取り繕《つくろ》う。

「そうですか……。ふふ、私とだったらすごく話題になったかもしれないのに」

「俺は、そういうの必要ないからね。この世界、いろんな誘惑があるけど、自分がこれだと決めたものにしか心は動かないから」

わかりました、と言った真下しおりは、ぺこりと頭を下げた。

「生意気なこと言って、すみませんでした」

「いいえ。また、共演しましょう」

当たり前のことを当たり障《さわ》りなく言って、彼女との会話を終了した。

「結構、いやわかってたけど、気の強い子だな」

久しぶりに、この世界でのし上がろうという強さを持った年下の女優を見て、怜思はただ笑ってしまった。

同じ強さでも、星南とは正反対だな、と思う。

星南のは、控えめな強さというか、真面目《まじめ》というか。きちんと会社に行くし、仕事を終わらせるために頑張っている様子なのが見て取れた。それに、楽な方に流されないところがあり、弱そうに見えて、しっかりと自分というものを持っている。

そこで怜思は、また笑った。

ふとしたことですぐに彼女を思い出す。こんなこと、本当になかった。

今朝別れたばかりだというのに、もう星南に会いたくなり、抱きたくなっている。

結局欲しいのは身体なのか、と思われてもしょうがないほど、彼女とセックスがしたい。柔らかい身体を抱き、自分のモノを挿入して彼女の中を隅々まで味わいたかった。

「早く終わらないかな」

持っていたワインを飲み干し、怜思はぼんやりとそうつぶやく。

早く帰りたくても、主演である以上、せめて一次会の終わりまではいなければならない。

そうこうしている間に、ようやくお開きとなり、そこかしこで二次会はどうする、という話が聞こえてきた。

「音成さんは？　もちろん来ますよね」

打ち上げをしたレストランのドアを開けながら言われて、怜思は首を振って先に店を出た。

「俺は、帰るよ。早朝から撮影だったから、さすがにちょっと眠い」

酒が入ったからか、一日の疲れが出てきたようで、早く寝たいと思っていた。

「そうですか……」

残念そうなスタッフに笑みを向けていると、真下しおりに腕を掴《つか》まれた。

「え？　音成さんは行かないんですか？」

ここぞとばかりに怜思の腕を抱き込んだ真下しおりを見て、苦笑したスタッフが離れていく。

怜思は最後にレストランを出たので、周囲にはもう自分たちしかいなかった。

「音成さん、二次会行きましょうよ？」

「行かないって言ったでしょ？　腕、離してくれる？」

無理に振り解くとあとが面倒なので、彼女が腕を離すのを待った。なのに、いつまで待っても離してくれず、ため息が漏れる。その時、彼女が突然、怜思の肩につかまって靴のストラップを直し始めた。

最近の子は……と呆れながらも、その隙に彼女から腕を離す。

「二次会に行くなら、早く行かないと。集団から離れてるよ？」

数十メートル先に二次会メンバーがいる。女の子一人で集団から離れては、いくら日本でも危ない。

「じゃあ、そこまで送ってください。せめて、あの集団のところまで」

再びため息をつき、仕方なく怜思は彼女と連れ立って歩く。また真下しおりが腕を絡《から》めてきたので、今度はすぐにその腕を離した。すると彼女は、不満そうに口を尖らせる。

約束通り二次会のメンバーのところまで送り届け、引き留められながらも怜思はまっすぐマンションへ帰った。だいぶ遅くなってしまったため、その日は星南にメールを送ることもできず、次はいつ会えるだろうかと思いながら眠りにつくのだった。

翌日の報道に、自分の軽率さを盛大に後悔するとは思わずに――

☆　☆　☆

金曜の朝。少し遅い時間に怜思は事務所の社長に呼び出された。

そこで、寝耳に水の真下しおりとの熱愛報道を聞かされたのだ。

「怜思、軽率だったわね」

社長の美穂子から言われて、ネットニュースに掲載されている自分と真下の写真を見る。そのアングルに、怜思は思わず舌打ちした。

「わかってると思うけど、これは違うからね」

「わかってるけど、なんでわざわざ、外で腕を組んだりするのよ」

低く静かな声で言われて、大きなため息をついた。

「帰りがけにいきなり腕を掴《つか》まれたんだよ。のし上がろうという向上心があるのはいいことだけど、ちょっとしつこいとは思った。まさかこういう手に出てくるとはね……。もっと気を付けるべきだったな。ごめん」

「確信犯よ。向こうの事務所、抗議したら話題作りにいいじゃないですかって、開き直ってきたわ。真下も売り出し中で、音成さんのことを憎からず思っていますから、この際ってね！」

その言葉に、怜思は視線を上げてただ笑った。

彼女の好意は確かに本物だったかもしれない。でも、真下しおりは、売名のためにその気持ちと怜思を利用した。いい女優になりそうだと思っていた気持ちを、最悪な形で裏切られた気分。

「クレームと、熱愛報道の否定、してくれた？」

「当たり前でしょ？　あっちの事務所はウチよりも格下だしね。何より怜思のことをこういう風に使うのはルール違反でしょう。あんたは世界的に認められた俳優、向こうは最近やっと売れ出した女優。受ける影響は雲泥《うんでい》の差だわ。馬鹿にするにもほどがある。関係者にはこのこと厳しく言っておいた。しばらくメディアには出られないでしょうね、あの子」

美穂子は相当怒っているらしい。怜思とて、こういう利用のされ方は気に入らない。

何より……

「星南に会って……きちんと否定したい」

「今はダメよ。わかってるでしょ？」

美穂子の言わんとしていることはわかっている。

「今日の夕方には、ニュースで流れるわ。早いところは、昼のワイドショーで流すかもね。否定報道は今日の深夜か、明日以降になるでしょう。だからそれまで、怜思はマンションから一歩も出ないで」

そう言って、美穂子が手を差し出した。

「なに？」

「スマホ、今日は預かる。あの子にも連絡しちゃダメ。事務所の対応が終わるまでは、我慢してちょうだい」

「どうしてそこまでされなきゃならない？　いい加減にしてくれ」

苛立ちを露《あら》わにして怜思が言い返すと、美穂子に舌打ちされた。

「だったらこんな写真撮られるなよ！　このバカチンが！」

一喝《いっかつ》されたが、それに怯《ひる》む怜思ではない。

「それは確かに悪かったけど、プライベートまで制限される筋合いはない！」

「筋合いはなくても、わかるでしょうが！　あんたバカじゃないでしょ！」

怜思は横を向いて、グッと拳《こぶし》を握る。今はこのイライラを鎮《しず》めるのに精一杯だった。

相手の言い分は理解できても、はいわかりましたと素直に従うのも癪《しゃく》に障《さわ》る。

何より、星南を不安にさせたのに、それをフォローすることさえできない自分に腹が立った。

「ちゃんと会わせてあげるから。今は言うこと聞いて？」

ここでは美穂子の言うことを聞くのがベスト。でも、星南とのことは、子供のように駄々をこねたくなってしまう。

自分はいい大人で、これまでクールで割り切った付き合いができてきたはずだ。

それが、たった一人の女に会っただけで、こうも大人げがなくなるとは思わなかった。

「せめてメールを送りたい」

「わかった。でも今日はダメ。あんた、メールだけで済まないかもしれないし。だからスマホを預かるの」

再度手を差し出してきた美穂子に、怜思は理性を総動員してスマホを渡した。

「欲しいものをここに書いて。しばらく引きこもってもらうから、食料品とか必要でしょ？　書いたら、向井がマンションまで送るから今日は帰りなさい」

ここまで一方的なことは今までなかった。それだけ美穂子は本気らしい。怜思は渋々ながらもペンを取り、必要なものを書き出していった。

素早くメモを確認すると、待機していた向井に声をかける。

「怜思、少しの間だけよ」

向井の笑顔に、怜思も小さく微笑んだ。

自分の不注意のせいだ。勝手に腕を組まれたのだとしても、店の外はまずかった。たとえ映画の中のことでも、相手が恋人役をした女優なら余計にだ。

きっと星南はテレビを見るだろう。そして、ショックを受けるに違いない。

怜思が芸能人であることを気にしていた彼女のことだ。

自分と付き合っているのが嘘だったのか、と不安に思うかもしれない。自分の気持ちは散々伝えているつもりだが、彼女の潜在的な不安をすべて拭《ぬぐ》いきれていないのも事実だ。

「星南に会いたい」

「……なんか言った？」

移動中の車でぽつりと零《こぼ》れた言葉は、向井には届かなかった。

むしろ届いていなくてよかった。

だけど、今すぐ星南に会いたいと心から思う。

あの報道は違うと、好きなのは君だけだと、彼女に直接伝えたかった。

自分のことなのに、どうしてこんなにも不自由なのか。

夢を売るこの仕事は、怜思自身も夢中にさせた。なのに今、そうした仕事にまつわるすべてのことを、酷《ひど》く窮屈《きゅうくつ》に感じている。

恋をして、こんなにも自分が変化するとは思わなかった。

そしてそれを知った瞬間、自分の無力さを痛感させられたのだ。

今の俺は、好きな女にただ会いに行くことすらままならない。

でも彼女は、星南は、俳優である音成怜思のことも好きだろう。

自分の中には、彼女の憧れの存在であり続けたいという気持ちと、彼女の前ではただの男でいたいという二つの気持ちが同時に存在する。

いろいろ上手《うま》くいかない、と思いながら、怜思はぼんやりと車窓を流れる景色を見つめるのだった。

11

土曜日。星南の目覚めは最悪だった。

身体が重いし、眠り足りない。何とか身体を起こしたけれど、すぐにベッドに横になりたくなってしまう。こんなに何もしたくない休日は初めてだった。

結局、彼からの連絡はないままで、心にぽっかり穴が空《あ》いたような気がする。

溜まった洗濯を片付けなければならないというのに、まったくその気になれない。録《と》り溜めたテレビ番組も、ちっとも観る気にならなかった。

頭の中は薄ぼんやりと雲がかかっていて、これからどうしようと思う。ボーッと枕を抱えて、そこに突っ伏すが、何も頭に浮かんでこなかった。

大きなため息をついた星南は、ぼんやりした自分を叱咤《しった》し、ベッドから起き上がる。洗濯は自分以外誰もしてくれない。溜まったテレビ番組を見ないとハードディスクがいっぱいになってしまう。なんとか自分を奮《ふる》い立たせて、星南は行動を開始した。

昼を過ぎて、ようやく一段落ついた頃、自然とお腹がすいたと思った。

そういえば、起きてから何も食べていないと気付く。

「昨日もあまり食べなかったし、お腹もすくはずだよ」

なんだか可笑《おか》しくなって、キッチンに向かう。何を食べようかと冷蔵庫を見ると冷ご飯しかなかった。冷凍庫にかろうじて冷凍チャーハンが入っていたので、それをレンジで温めて食べた。

すると頭にかかったモヤモヤがすっきりとしてきて、ようやく深呼吸できた気がする。

「食べ物ですっきりするなんて、我ながら現金かも……」

そう言って、笑いながらもう一度深呼吸をした。その時、近くに置いていたスマホから着信メロディーが流れて、何気なく手に取るとメールが届いていた。

「音成さん！」

ずっと待っていた彼からのメールだった。急いで開くと、『星南ごめん』とタイトルがある。

『連絡が遅くなってごめん。君のことだから、きっと報道見たよね？　でも、あれは間違いだから。話題の欲しかった真下しおりとその事務所が仕組んだことらしい。俺と親密そうな写真を撮ってネットニュースに流すよう指示していたらしくてね。今までずっと、その対応に追われていたんだ。不安にさせて本当にごめん。俺が好きなのは君だけだし、君としか付き合ってないから。それを信じてほしい』

そのメールを読んで、ようやく星南は涙が出た。

どんなに不安でも、心の中では信じたいと思っていたものが本物だとわかって、嬉しかった。

『世間がもう少し落ち着くまでは、会えない。相手の事務所にしっかり対応してもらうけど、今は家の周りに報道陣が詰めかけていると思うから。本当にごめん、またメールする』

彼のメールはそう締めくくられていた。

「会えないんだ……」

それだけで、また悲しい気持ちに逆戻り。

彼の説明も、彼の置かれた状況も理解できた。そして、自分に対する彼の気持ちも信じられる。それでも今の星南には、彼の彼女だとはっきり確信できるものが何もない。

そのことに気付いて、再び気持ちが沈んでいく。

メールの中で、彼ははっきりと報道を否定してくれた。それだけですべてを信じられると思っていたのに、実際は全然足りない。

彼の声が聞きたい。怜思の低くていい声で、好きだよ、と言ってもらいたい。彼の存在を近くに感じて、この不安を消し去ってもらいたい。

怜思と付き合うことの大変さ、不自由さはわかっているつもりだった。それを承知で彼を受け入れたはずなのに、結局のところ、自分は彼と付き合うという覚悟がまるでできていなかったのだと自覚する。

星南はうつむいて、溢《あふ》れそうになる涙を堪《こら》えた。こんなことで泣いてどうするんだろう。

今までの自分は、恋愛に対して奥手で自分から行動を起こしたことがなかった。だから、この年まで彼氏らしい彼氏ができた例《ためし》がない。そんな星南の初めての彼氏が、ずっと憧れていた音成怜思だったのだ。それじゃなくても初めてのことばかりなのに、これで裏切られたり、振られたりしてしまったら、自分はもう二度と恋なんてできないかもしれない。

それくらい、本気で彼のことが好きになっていた。

だったら、会いに行けばいいんじゃない？　という気持ちが、ふいに胸に湧き起こる。

「会えないなら、会いに行ってみようかな……」

怜思が住んでいるマンションに報道陣が詰めかけていると言っても、見るからに一般人の星南には見向きもしないだろう。

今まで何の行動も起こさなかった自分を省《かえり》みて、今こそ行動を起こす時なのではないかと思った。

うつむいていた顔を上げ、星南は身支度を始める。

暗い顔を見せたくないからきちんと化粧をして、綺麗な服に着替えた。

そうして星南は、玄関を出てまっすぐ怜思のもとへと走るのだった。

☆　☆　☆

怜思のマンションへ向かう途中、会社帰りにも通る華やかな街中《まちなか》を歩いた。

いつも見上げる大きなビルのスクリーンには、今日も怜思のＣＭは流れてこない。毎日見ていたブランドの看板も彼とは別人になり、星南の怜思に会いたい気持ちは募《つの》るばかりだった。

逸《はや》る心を落ち着けて、彼のマンションのある駅に降り立つ。その間にも、いろんな不安が胸を過《よぎ》った。

それでも、彼と過ごした時間は嘘じゃないと信じて、星南は歩く。

ようやく彼のマンションに近づき、あと少しというところで、星南は立ち止まった。

「結構、報道の人、いる」

彼の言った通り、以前はまったく見かけなかった報道関係の人がマンションの周囲にかなりいた。

今度こそ本命だろう、と報道されていたくらいだ。マンションを出てくる怜思を待ち受けているに違いない。

彼にはプライバシーがないのだと、心から思った。ちょっとした噂でも、すぐに報道陣に囲まれてしまうのだ。わかっているようでわかっていなかった、芸能人のプライバシー。

もしも彼が一般の人だったら、こんな不安を感じることなく普通に恋愛ができたかもしれない。

『俺の方が迷惑かけると思うよ、芸能人なので』

付き合う、付き合わない、という話を初めてした時に、彼に言われた言葉。

迷惑をかけるというのは、こういうことを指していたのだろうか。それとも星南が、芸能人の怜思を信じ切れないということか。

どちらにせよ、彼の生活は、どんなことをしても周囲の注目を浴びるということなのだろう。

例えば、星南との付き合いがバレた時も――

「あ……」

もしここで、星南がマンションの中に入って、怜思の家の番号をプッシュしているのを見られたらどうなるだろう。

『しばらくは会えない』

彼のメールの通り、会わない方がいいのかもしれない。でも会いたい気持ちもすごくあって、星南は迷いつつスマホを取り出し、報道陣が見えないところまで移動した。

その時、突然横から女性に声をかけられる。

「ちょっと、あなた？」

「はい？」

ドキッとして顔を上げると、綺麗な人がいた。星南よりずっと年上みたいだけど、服装も髪型もきちんとしたお洒落《しゃれ》な人だった。

「あの……？」

「あなた、もしかして日立星南さん？」

知らない人の口から自分の名前が出たことに、驚いて目を見開く。

「どうなの？」

答えるまで待っていそうな相手に、ためらいながらも頷いた。すると、はぁっ！　と盛大なため息を吐いた彼女は星南の二の腕をぐいっと引っ張る。

「ちょっとこっちへいらっしゃい！」

「えっ!?」

グイグイと引っ張っていかれて、何が何だかわからない。知らない人だし、なぜ自分の名前を知っていたのかも気になる。

戸惑っているうちに、ピカピカと光る高級車の助手席のドアを開けた彼女に、乗れとばかりに顎《あご》をしゃくられた。

「え、私に、乗れってことですか？」

「そうよ。早くして」

「でも、私、あなたのことを知りませんし……」

精一杯不審そうな目を向ける。すると彼女はまたしても、はぁっ！　と息を吐き出した。

「佐久間芸能プロダクションの社長、佐久間美穂子よ。あなた、音成怜思のファンなんだから、所属事務所の名前くらい知っているわよね？」

「あ……佐久間、芸能プロダクション」

ぽかんと口を開ける星南に、彼女は早く乗りなさい、と言って背中を押した。おずおずと車の助手席に乗り込み、言われるままにシートベルトを着ける。すぐに運転席に乗り込んだ美穂子が、車を出した。

「あなたね、怜思からメール受け取ったんでしょ？　今は会えないって言われなかった？」

「言われました」

「だったら、なんで言うこと聞かないの？　怜思だって今は我慢して家にこもってるっていうのに」

返す言葉もなくうつむくと、今日何度目かわからない深いため息が聞こえた。

「あなたが不安に思う気持ちはわかるわ」

星南が顔を上げると、彼女はさらに言葉を続けた。

「今、向こうの事務所にもクレームを入れてるところよ。こっちも、今回の報道には本気で怒ってるわけ。売り出し中だか何だか知らないけど、真下しおりの話題作りに、怜思を利用するなんて冗談じゃない。だいたい、怜思があんな小娘を相手するわけないじゃないの」

相手の剣幕に押されて、相槌《あいづち》も打てずにいると、まったくもう、と舌打ちをされた。

「とにかく、あの報道は事実無根。勝手にでっち上げられただけなの」

はっきりと言われて星南は彼女を見つめた。何度も瞬《まばた》きをしてしまうのは、その言葉に胸に残っていた不安が少しずつ消えていくのがわかったから。

「怜思はね、本当に不思議なことにあなたにゾッコンラブなわけ。だけど、それを信じられないなら、付き合いなんて認められない。あなたに会ってちゃんと説明したい、って言うのを説得して、家に閉じ込めているんだからね。なのにあなたが、のこのこ怜思に会いにこられては困るわけよ。わかる？」

「……はい」

彼に会いたいばかりに、自分はとんでもない間違いを犯すところだったのかもしれない。

せっかく起こした行動が空回《からまわ》っていたことに気付かされ、星南は地の底まで落ち込んだ。

「明日の朝には双方の事務所が関係を否定、ってちゃんと出るから。ちょっとだけ待ってて」

肩を落とした星南にため息をつき、美穂子は言い聞かせるように声を和《やわ》らげた。

いいわね？　と念を押されて、星南は頷く。

「はい。すみませんでした……」

「それにしても、あなたに会うまではすごく不思議だったんだけど……本当にあいつの好みど真ん中だから、わからんでもない。……あなた芸能界、入る気ないかしら？」

「えっ!?」

星南が目を丸くして佐久間を見ると、彼女は車を路肩に停めてじっとこちらを見つめた。

「あなた清潔感があって、優しい顔をしているし、結構イイわ。年齢はそれなりにいってるけど、その気があるならプロデュースするわよ？　怜思とは事務所で出会ったってことにして……」

どんどん話を進めていく佐久間に、思いっきり首を振った。

「あ、あの！　そう言っていただけて、すごくありがたいんですけど……芸能界に入るとか、とんでもないし……それに、私、全然美人じゃないから」

「美人とかそういうんじゃなくてね、雰囲気がね……って、まぁいいわ。怜思が怒りそうだし。あいつが怒ると私じゃ勝てないから……。とにかく、うちの看板俳優はね、あなたのことが本気で好きなの。だから安心しなさい」

でも、と思いながら佐久間を見ると、頭を撫でられた。

「そんな捨てられた子猫みたいな顔しなさんな。昨日怜思に連絡させなかったのは、私なのよ。あなたの声を聞いたら、自制がきかなくなりそうだったから。これでも私、二人の関係は認めているわけ」

どうやら本当に、佐久間は星南と怜思の味方らしい。ほっとした星南は、ようやく少し笑みを浮かべられたのだった。

12

佐久間芸能プロダクションの佐久間美穂子に、怜思の家の前から回収された星南は、家の前まで送ってもらう。社長の美穂子に、ここまでしてもらっていいものかと恐縮しながらも、星南は怜思のことばかり考えていた。

「ありがとうございました」

「いいえ。事情が事情だからね。悪いけど、もう少しおとなしくしててね。こっちで、ちゃんとしてあげるから」

そう言って、美穂子はにこりと笑った。星南は、シートベルトを外したあと、彼女を見つめる。

「いろいろと、すみませんでした」

「いいえ」

「ここまでしてもらっても、いいんでしょうか？　私、ただの一般人なのに」

怜思の所属する事務所の社長は偉い人だと思う。彼の所属する事務所にはたくさんの有名人がいるのだ。みんな実力派で人気のある人たちばかりだ。

つまり、普通なら一般人の星南を家まで送るなんてこと、忙しい彼女はしないだろうと思うのだ。

「いいのよ。怜思には稼《かせ》がせてもらってるし、苦しかった時に一緒に頑張ってくれたからね。怜思が本気で好きな子を守ってやるくらい、何でもないわ」

サラッと言ったあと、真面目《まじめ》な顔をして彼女は星南を見つめる。

「特別なのよ。社長として恩も感じてるし、若い頃から見てるから自分の子供みたいなものね。だから私も、あなたを大事にするの。ただ、何かあった時に、怜思を信じることができないなら、今ここで別れた方がいい」

その言葉に、ドキッとして彼女を見返した。

「でも、何があっても一緒にいたいと思うなら、あなたもちゃんと覚悟を持って。それだけは頭に置いておいてほしい。……そのうち、一般女性と真剣交際って報道を流してあげるわ。あいつもいい年だし、好きな人と一緒にいられるようにね」

そう言ってにっこりと笑った綺麗な唇に、ぎこちなく微笑んで星南は車から降りる。

美穂子は星南に向かって軽く手を挙げると、すぐに車を発信させて角を曲がっていった。

それを見送った星南は、大きくため息を吐いてアパートの階段を上《のぼ》る。

部屋の中に入ると、またため息を吐いた。ひとまず何か食べようと思い、冷蔵庫を開ける。

「そっか、冷ご飯しかないんだった……」

肩を落としたが、こんなことで落ち込むなんてダメだと思う。

その時、スマホの着信音がした。

急いで見ると、怜思からのメールだった。思わず笑顔になってしまって、さっそくメールを開く。

『今日、家のすぐ側まで来てくれたんだってね。美穂子さんに聞いた。いきなり回収されて驚いたかもしれないけど、いい人だから心配しないで。それと、会いたい気持ちは、君より俺の方が強いから。取り上げられてたスマホも、やっと返してもらえた。電話はまだ禁止されてるけど、メールするから』

彼のメールからは、星南が好きだという気持ちが伝わってきた。

『好きだよ、星南』

そう締めくくられて、星南は思わず強くスマホを抱きしめる。

それから、すぐに返信した。

『メールありがとうございます。勝手な行動をしてすみませんでした。どうしても会いたくて。でも、おとなしく待っています。私も、音成さんが大好きです』

送る前に、打ったメールを見直して恥ずかしくなった。でも、思い切ってそのまま送信した。

返事は来なかったけれど、それでも、彼も同じ思いで過ごしていると信じられた。

明日も休みだ。

気持ちを切り替えて、買い物にでも行こう。空《から》っぽの冷蔵庫では何もできないし、お腹も満たせない。誰かが遊びに来てももてなせない。

「落ち込んでても、現状は変えられないから」

自分に言い聞かせるように声に出して、大きく深呼吸する。

何事も前向きでないと、落ち込むばかりで一歩も前に進めない。これからも彼と一緒にいたいなら、自分はこのままではいけないのだと思った。

まずは空腹感を満たそうと考える。

そこで星南は冷蔵庫の冷ご飯を温めた。そして買い置きしていたお茶漬けの素《もと》をかけ、お湯を注《そそ》いで食べる。

ハフハフ言いながらお腹を満たしたあと、お風呂に入った。

とにかく今は、自分の周りをきちんと整えることだ。

星南には、待つしかできないから。

☆　☆　☆

次の日。

星南は昨日の残りの冷ご飯と、お茶漬けの素《もと》で軽く朝食を済ますと、再びベッドに上がって外を見ていた。少しウトウトしたところで、ハッと目を開く。

また昨日と同じことを繰り返すところだった、と反省した。

自分がいつまでもクヨクヨしていては、彼に心配をかける。それに、怜思の前ではいつも笑顔でいたい。前向きになると決意したからには、行動を起こさないと。星南は大きく深呼吸をしてベッドから下りた。

まずはベッドからシーツを剥《は》いで洗う。洗濯機が回っている間に掃除機をかけて、汚れている床を拭いた。そうしているうちに洗濯が終わり、シーツを外に干す。

「いい天気で良かった」

好きな人の前では、いつも明るく前向きな自分でいたい。でも彼は芸能人で、ものすごくファンが多くて、モテる男の代名詞で。

そう思うとまたため息が出るけれど、極力考えないようにして頭の中を整理する。

「冷蔵庫が空《から》っぽだから、買い物に行かないといけないんだった」

買い物買い物、と独り言をつぶやきながら財布とスマホ、それからエコバッグを持って家を出る。アパートから歩いて十分ほどの距離に、小さなスーパーがある。そこは割とリーズナブルな値段で、お財布に優しかった。

「今日は野菜炒めかな……」

星南はキャベツとニンジン、もやしをカゴの中に入れる。そして豚バラ肉を手に取り、ちょっと容量が多いなと思いつつ、余ったら冷凍すればいいか、とこれも買い物カゴに入れた。

「卵も切れてたんだ」

十個入りの卵をカゴに入れて、ついでにツナ缶も入れた。

「そうだ、アイスも買おう」

バニラアイスとストロベリーアイスをカゴへ入れる。今日のデザートだと思ったら、楽しくなった。

他にもたくさん買った分、支払いは多くなりそうだが、しばらくは買い物に行かなくても済みそうだ。休みのうちにカレーを作って冷凍しておこう、と保存食のことも考える。

こうしていろんなことを考えていると、暗い気持ちになる暇がない。生きていくためにしなければならないことはたくさんある。

その中に初めて、恋愛という星南にとって未知の、それでいて甘く切ない感情が入ってきただけだ。それに相手が有名人だったから、ちょっと不安、というか心配事が多くなっただけ。

会いたい時に会えないのは、やっぱり寂しいけど、今は我慢の時だ。

そう、自分に言い聞かせる。

会計を済ませ、家に帰ったらしなければならないことを考える。

まずはアイスを冷凍庫に入れて、次に野菜を冷蔵庫に入れる。あ、先に野菜炒めを作ってしまおうか、と思っているうちにアパートに着き、階段を上《のぼ》った。

さすがに大荷物だったので帰りはきつかったけれど、充実感はあった。

そうして何気なく視線を上げると、背の高い男の人が星南のアパートの前に立っている。眼鏡をかけ帽子を目深《まぶか》に被っているその人は、星南を見るなり笑みを浮かべた。

そして、おもむろに帽子と眼鏡を取る。

彼は軽く髪の毛に手を入れて直すと、さらに笑みを深めた。

「星南」

名を呼ばれると、身体に電気が走ったかのようにビリッとした。

会いたいと思っていた人が、目の前にいて星南を見つめている。

こんなところを誰かに見られたら大変だ。

冷静に、と思うけれど、心臓の高鳴りがそれを許してはくれない。

どうして彼がここにいるんだろう。会ってはいけないと言われているし、彼もマンションからまだ出てこられないのだと思っていた。もしかして、勝手に出てきてしまったのだろうか。いや、でも、こんなところに彼がいるわけが……と混乱する頭の中で考える。

声に出して名を呼んではいけないかもしれない。でも高まった気持ちのまま彼の名を口にしてしまう。それに、触れたらきっと、これが現実だとわかるはずだ。

「音成さん……っ」

星南は手を伸ばしながら近づく。そして、気付けば荷物から手を離して抱きしめていた。離れていたのはほんの少しの間なのに、抱きしめ返される腕の力強さが心地よかった。しばらくそうしていると、ゆっくりと怜思が腕を解く。そうして星南を見つめて、微笑んだ。

「中、入れてくれる？　今バレるとちょっとヤバイから」

「あ……はい」

いくら人気《ひとけ》がないとはいえ、彼は今、報道の渦中《かちゅう》にいる有名人だ。どこで騒ぎに巻き込まれるかわからない。

星南は急いで鍵を取り出して、ドアを開けた。振り向くと、彼は星南のエコバッグを持っていて、床に落としていたのだと気付く。

「すみません、音成さん」

「いいよ。結構たくさん買ってきたんだね」

エコバッグの中を覗《のぞ》きながら笑われて、恥ずかしくなる。食いしん坊だと思われていないだろうか。

「早く冷蔵庫に入れないとね」

「はい」

先に上がって荷物を受け取ろうとすると、彼はいいよ、と言って荷物を持ったまま星南の家に上がってきた。そうして冷蔵庫の前まで行く。

「勝手に入れても大丈夫？」

「はい。あ、アイスが入ってるので……」

「アイス？　ああ、じゃあ先に入れるね」

彼はエコバッグの中からアイスを取り出し、冷凍庫に入れる。星南はその間に冷蔵庫に入れなければいけない野菜をバッグから取り出した。お肉はチルド室に、と思って入れていると彼は星南を見つめ、少し声を出して笑った。

「こうしてると、なんだか夫婦みたいだね」

言われてみれば、と思って顔を赤くする。彼と結婚なんて夢のまた夢だ。

星南は彼と真剣に交際をしているし、彼もそのつもりだと思うが、先のことなんてまだ考えられなかった。

それよりも、どうして彼はここにいるだろう。今は行動を規制されていて部屋から出られないと聞いていたのに。どうやって気付かれずに部屋を出てきたんだろう。

星南は疑問の眼差しを彼に向けた。

「あの、ここに来てもよかったんですか？　佐久間さんは、反対されなかったんですか？」

「まさか。俺が勝手に来たんだよ」

そうしてにこりと笑った怜思に、星南は首を振った。

「今はまずいんでしょう？　やっぱり、早く帰った方が……」

「君が会いに来てくれたのに、俺が会いに行ってはいけない理由はないでしょ？　俺が芸能人ってだけで、行動に制限がかけられているけど、普通だったら会いたい時にはいつだって会いに行って問題ないはずだ」

それは確かに、彼の言う通りだけど、でも今はと言われたばかり。

星南は我慢しようと思っていた。そう思っていたのに、今目の前に会いたい人がいたら、我慢できなくなってしまう。

「大丈夫。マスコミには気付かれていないから。念のため途中で服も着替えたしね」

余裕そうに言うのを聞いて、でも……と思う。

「星南は、会いたくなかった？」

少し心配そうに聞き返された。そんなことないから、首を振る。

「すごく会いたかったです！」

思わず感情をこめて言う。怜思は下を向いて笑ったあと、まっすぐ星南を見つめてきた。直後、唇が重なっていた。

「……っん！」

いきなり深いキスをされて、星南は頭がクラクラした。唇を吸われ、こじ開けられた隙間から舌が入ってくる。すぐに舌が絡《から》められ、濡れた音が聞こえた。

それだけで、星南の心臓が跳ね上がる。

気付くとキッチンの床に押し倒されていて、その間もずっと唇を貪《むさぼ》られていた。

時々、噛まれたり強く吸われて、唇が腫《は》れそうだと思う。しかしそれもまた、彼からの愛情だと思うと、お腹の底がどうしようもなく疼《うず》いた。

「星南、不安にさせてごめん。俺が好きなのは、君だけだ」

「……っ！」

「君が欲しい」

耳元で、しかも唇をつけたまま言われると、それだけで体が震える。まるで耳を食べられているような感じを覚える。

「お、となり……さ……っ」

性急に胸に触られ、背中に回った手でブラのホックを外された。シャツと一緒にブラを押し上げられ、星南の胸が露《あら》わになる。彼はそこに顔を埋《うず》めて、舌と唇で愛撫《あいぶ》し始めた。

「はっあ！」

彼の唇が触れた瞬間、ビクンと背が反《そ》った。まるで彼に胸を突き出す形になる。その胸を大きな手で包まれ、揉《も》まれ、硬くなった先端を指で摘《つ》ままれて、さらに身体が反応してしまった。

思わず下肢をすり合わせると、着ていたデニムパンツのボタンを外されジッパーを下げられた。星南は、はっ、と息を詰めて、期待に喘《あえ》いだ。

彼の指がショーツの中に入り、星南の秘めた部分に触れる。最初はゆっくり撫でるだけだった指が、隠れた蕾《つぼみ》を探り出しキュッと摘《つ》まんできて、星南の腰が跳ねた。

「あ……いや……っ」

「嫌じゃないでしょ？　星南のここ、もう濡れてる」

下肢をすり合わせた時点で、ソコが濡れ始めていたのはわかっていた。

「君も、俺が欲しかった？」

そんなことを言われて、素直に欲しかったとは言えない。心でどんなに寂しい、抱きしめてほしいと思っていても、ずっと好きだった彼にそんな浅ましい自分を伝えられるわけがなかった。

「あっ！」

答えに迷っているうちに、彼の指が星南の中に入ってくる。グッと一気に奥まで入れられると腰を揺らしてしまう。

「ここは素直に欲しいって、言っているけど」

クスッと笑った彼は、星南のデニムパンツを片手で脱がしにかかる。膝まで脱がせたところで、今度はショーツに手をかけた。

「君の中狭いから、もっと慣らしてあげたいけど、こっちも限界」

そうしてすぐに中の指が増やされた。ぐちゅぐちゅと何度も指を抜き差しし、的確に中を刺激してくる。

「も……っあ！」

「ダメだよ、まだダメだ」

怜思は指を引き抜いた。その喪失感に星南の中が、きゅうっと締まる。彼を欲しがっているのが自分でもわかった。

こんな短期間で、しかも何度も抱かれたわけではないのに、彼を覚えている星南がいる。

「あ、早く……っ」

思わず彼を求める星南に、怜思は熱い息を吐いて、額《ひたい》同士をくっつけてきた。

「星南？　俺のが欲しい？」

再び卑猥《ひわい》な言葉で聞かれるが、はっきり欲しいとは言えなかった。ただ、息を乱して彼を見上げた星南の視線も、きっと彼と同じくらい熱を帯びているだろう。

でも彼は色っぽく目を細めて深いキスをしてくれるが、足の付け根を撫でるだけで星南の欲しいものはくれない。

言葉にできないだけで、身体は彼を欲しがっていた。

「音成さん……っ！」

堪《たま》らず彼の名を呼び、思いを伝えるようにじっと見つめる。涙が目に浮かんだ。

彼は目を細めて、ったく、と言いながら星南の身体を横向きにした。それから片足を持ち上げ自分の足を入れると、腰を引き寄せる。

「君は本当に、俺を堪《たま》らない気持ちにさせる」

はっ、と息を吐きながらそう言われたかと思うと、再び彼の指が星南の隙間に触れた。そして、熱くて硬いものがそこにあてがわれ、ゆっくりと星南の中に入ってくる。

「あ……あっ！」

彼はすっかり中まで入れて、一度押すように腰を押し付けた。それからゆっくりと左右に揺すりながら、熱い息を吐き出す。

「ああ、狭いな」

もう一度グイッと腰を押し付けられると身体がビクンと震えて、星南は声にならない声を上げて達した。

同時に中にある彼のモノをぎゅうぎゅう締め付けたらしい。背後で彼が息を呑み、星南の腰を強く掴《つか》んだ。

「イキ顔可愛いけど、俺まで一緒に持っていかれそうだ。君とすると、あまりもたないから困る」

掠《かす》れて熱を持った声で囁《ささや》かれ、うっすらと目を開ける。どこか余裕のない笑みを浮かべた彼が、星南に顔を近づけてキスをした。

「この気持ちよさを、誰にも教えたくないね。この先一生、俺とだけして、星南」

唇を触れさせせながらそう言った彼は、すぐにキスを深めてくる。

そして、強く腰を打ち付け始めた。

「んんっ！」

繋《つな》がったまま体勢を変えられ、仰向けにされる。両膝をぐっとまとめて引き寄せられると、腰が少し浮き上がった。その体勢で腰を入れられるとより奥まで怜思のモノが届き、星南は堪《たま》らず彼から唇を離した。

「は……っん！」

「その顔、好きだよ、星南。もっと、俺の下でいやらしく乱れて」

いやらしいなんて言われたのは初めてで、星南は急に恥ずかしくなった。思わず片手で顔を隠すと、すぐさまそれを外され、間近から微笑まれる。

「顔、隠さないで。君のその顔が、クルんだから」

言うなり強く身体を押し付けてきた。そうかと思うと、そのまま左右に動かされたり身体を揺すられたりする。絶え間なく与えられる快感に、星南は涙を流して嬌声《きょうせい》を上げた。

「イイ？」

彼の問いに、胸を激しく喘《あえ》がせながら何度も頷く。

「イイって言って、星南……」

一度腰を引いてギリギリまで自身を引き抜き、そのまま一気に奥まで突き入れてくる。その激しい挿入に、電流が走ったみたいに身体が痺《しび》れ、全身に快感が行きわたる。

「いい、です……っあん」

自分のものとは思えない声が出た。恥ずかしいのに止められない。

怜思とセックスをしている時はいつもこうだ。そんな星南を彼はどう思っているのだろう。うるさいと思ってやしないだろうか……。だが、そんな考えはすぐに霧散《むさん》する。

さらに硬く大きくなった彼のモノで星南の中がいっぱいにされたから。

彼は激しい抽送《ちゅうそう》を繰り返しながら、強弱をつけたり左右に揺すったりしてくる。その気持ち良さに、星南の身体は極限まで高められ目の前がチカチカしてきた。

「音成さ……ダメ」

「ああ、俺も、イキそう」

ため息まじりの掠《かす》れた声が耳に届き、強く胸を揉《も》みしだかれる。

身体の内側と、外側を同時に刺激され、星南は背を反《そ》らして一気に快感を解放した。

「ああっ！」

喘《あえ》ぐように息をすると、彼が星南の腰をきつく掴《つか》んで強く腰を打ち付けてくる。そのまま何度か腰を揺すったあと、ぶるっと身体を震わせて動きを止めた。

はあはあと、忙《せわ》しない息遣いがキッチンに響く。これ以上ないくらい激しく心臓が早鐘を打っていた。怜思は抱えていた星南の足を下ろし、身体を繋《つな》げたまま彼女のデニムパンツとショーツを完全に脱がせた。

そうしてゆっくりと膝を広げて、足の付け根を撫でるように両手で触れたあと、自身のモノを引き抜いた。いつ付けたのか、彼は自身のモノからパチンと音を立ててコンドームを取り去ると、はっ、と息を吐き出した。

「ティッシュ、ある？」

床の上でぐったりしている星南に向かって、怜思が笑顔を向ける。

ここはアパートの入り口にほど近い床の上だという事実を思い出し、顔に熱が集まると同時に恥ずかしさが込み上げてくる。星南は、急いで開いたままの足を閉じた。

「キッチンペーパーが……そこに」

痺《しび》れてまだ怠《だる》い腕を持ち上げる。彼は視線を移して膝立ちになると、キッチンペーパーを取った。避妊具を包んで近くのごみ箱に捨てた彼は、さらにペーパーを手に取り星南の足の間を拭く。

「きゃっ……」

「じっとして。君のここ濡れてるし、愛液が床に垂れてる」

平然と言われたことに羞恥心《しゅうちしん》が込み上げ、星南は慌てて起き上がり彼と距離を取った。

「そんな恥ずかしがることないのに。それだけ、俺で気持ち良くなってくれたってことでしょ?」

チラッと床に目をやると、確かにちょっとだけ床が濡れていた。あまりに恥ずかしくて、星南は自分でキッチンペーパーを取ってごしごしと床を拭いた。

「また、そんな泣きそうな顔をして。俺は嬉しいよ、星南が感じてくれて」

大人な彼は軽く服を直して、星南の目の下に軽くキスをしてくれる。

「それより、星南の今の恰好の方がエロくて、もう一戦交えたくなるんだけど」

そう言いながら迫ってくるので、自分の恰好を見下ろした。

下半身裸の状態で自分の足の間をキッチンペーパーで押さえ、両膝をついている。

「やっ……!」

急いで腰を落としシャツを引っ張ってソコを隠そうとする。その様子を見た彼は、「ああ」とため息をついて困ったように笑った。

「それ、逆効果だから。男をその気にさせるだけだよ、星南」

四つん這《ば》いでさらにじりじりと迫られ危機感を覚えた時、自分のではない着信音がキッチンに鳴り響く。軽く舌打ちした怜思が、上着のポケットに手を入れた。スマホの画面を見るなり、すぐに音を止めてしまう。

「電話、いいんですか?」

「いいよ。君との時間の方が大事」

抱きしめキスをした怜思は、再び星南を床に押し倒す。焦った星南は、怜思の肩を少し押し返し。

「ここ、あの、キッチン……」

「ああ。じゃあ、ベッドに行こうか。ゴムはまだたくさんあるからね」

色っぽく笑った彼に、少し怯《ひる》んだ。そうしているうちに再び着信音が鳴り響く。今度は、はっきり顔をしかめて舌打ちし、手早くスマホを操作して床に放り投げた。

「音成さん? 電話……」

「ああ、いいから」

そう言って彼は星南を抱き上げる。すると、今度は星南のスマホから着信音が鳴り響いた。

「あ……」

画面が上を向いていたので、相手が誰かわかった。昨日、連絡先を交換したばかりの佐久間芸能プロダクション社長、佐久間美穂子からだ。

「佐久間さん……」

「星南、社長と連絡先交換したの？」

「はい、その……いろいろと、あって……」

はぁと、ため息を吐いた怜思は、星南を抱き上げたままベッドへ運ぶ。

「電話、出た方がいいです。きっと心配してますよ」

「出なくていい」

「でも……」

「いいんだ、星南。今は何も考えずに、俺だけを感じて」

強く言われて、何も言えなくなってしまう。

熱のこもった綺麗な目に見つめられ、まるで金縛りにでもあったみたいに動けなくなる。

星南が会えない時間を不安に思っていたように、彼もまた不安を感じていたのかもしれない。

彼は星南と身体を繋《つな》げることで、その不安を取り除こうとしているのだろうか。

星南が不安でいっぱいだった時、彼に抱きしめられ繋《つな》がり合っていたいと思ったように、怜思もまた、同じ思いでいてくれた？

彼は住む世界の違う人だと思っていた。

奇跡みたいな偶然から知り合い、好きだと言われて付き合うことになった。けれど、星南は、相手が芸能人ということにどこか気後《きおく》れしていたのかもしれない。頭もよくて、何でもできる完璧な人だから、ごく普通の一般人である星南で大丈夫なのか、と。

でも、今目の前にいる彼は、星南と変わりない、普通に悩みを抱えるただの人に見えた。星南のことを好きでいてくれる一人の男の人だと。

怜思が言う通り、今は彼を感じていたいと思う。

自然に怜思の背に手を回したところで、彼が愛おしそうに微笑んだ。

「好きだよ、星南。今まで会えなかった分も、愛を確かめ合おう。こういう時、ボディコミュニケーションは、実に有効な手段だと思うね」

そう言って、彼の腰が星南の下半身に押し付けられる。そこに、これ以上ないくらい熱く滾《たぎ》る怜思自身を感じた。

「音成さん、好きです」

思わず星南の口から零《こぼ》れ出た言葉に、彼はさらに腰を押し付けてきた。そして、見たこともない妖艶《ようえん》な笑みを浮かべる。

「俺も……わかるよね？」

言動が大人すぎて、真っ赤になった星南は返事ができない。

「君は身体で返事をする。だから、その声をちゃんと聞いてあげないとね」

微《かす》かに笑った彼は、星南の足の間に手を滑らせる。先ほど拭いたばかりだというのに、星南のソコはもうすでに濡れていた。

「星南、いい？」

彼はコンドームのパッケージを口で噛み切って、パンツと下着をずらし、お腹に付くほど反応している自身へつけた。

そのまま星南は大きく足を開かれる。彼は手で自分のモノを持ちながら、ゆっくりと星南の中に埋《うず》めていった。

そこでまたスマホの着信音がする。

「あ」

思わず視線を横に向けると、顔ごと正面を向かされた。

「電話はもう気にしない。それくらい、俺に夢中にさせるから」

そうして彼は腰を使い始める。

星南の中を行き来する彼のモノは、先ほどよりもさらに大きいように感じた。遅く速く、強弱をつけて揺さぶってくる動きに、たちまちジンと身体が痺《しび》れる。

「はっあ！」

「そう、俺のことだけ見て」

身を屈《かが》めて星南にキスをした怜思が、すぐに激しく唇を貪《むさぼ》ってくる。

いつしかスマホの着信音はずっと遠くになり、気にならなくなった。

そして星南は彼との行為にただ溺《おぼ》れるのだった。

13

今は俺だけを見て、と言われた通り星南は怜思だけを見つめた。

会えない時間を埋めるように、彼はベッドの上で長い愛撫《あいぶ》をして星南を蕩《とろ》かせた。二回繋《つな》がったあと、余韻を楽しむみたいに甘いキスを繰り返していると、彼が許しを請《こ》いながらまた星南の中に自身を埋《うず》めてくる。

結局、あれから三回も彼と一つになり、星南はもう指一本さえも動かすのが億劫《おっくう》なほどぐったりしていた。

心臓がこれ以上ないほどバクバクと音を立てている。仰向けになった星南は、喘《あえ》ぐように息をし、酸素を身体に取り入れた。

いつの間に全裸にされたのか覚えていないが、身体を隠すとかそういう意識がまったく働かない。それくらい、星南は彼との行為に溺《おぼ》れきり、羞恥心《しゅうちしん》が働かなくなっていた。

「星南」

彼が星南の身体を引き寄せ、横抱きにしてキスをする。腰を引き寄せられたかと思うと、足を持ち上げられ彼の体に巻き付けるようにされた。

「音成さん……」

キスが心地よいと思う。しかし、まだ完全に息が整っていないから、唇の端から唾液が溢《あふ》れてしまった。怜思はそれを舌先で優しく舐《な》めとると、星南の唇にも舌を這《は》わせる。

「身体がひとつに溶け合ったみたいで、気持ちよかった」

すりっと鼻を頬にすり寄せられ、甘い痺《しび》れが全身に広がる。

「少し、無理をさせたね。疲れた？」

彼の問いに小さく頷きながら、星南もまた彼の頬に頬をすり寄せる。

世界的俳優の音成怜思と、こんなことをするなんて夢にも思わなかった。でも、これは夢じゃなく現実なのだ。そのことが素直に嬉しい。それに、今までの不安が嘘のように吹き飛んでいた。

彼がボディコミュニケーションといった意味がよくわかる。誰かをこんなに近くに感じられる幸福を、星南は初めて知った。

どうにか息が整ってくると、彼の顔をしっかり見ることができた。

「星南、汗かいてる」

優しく髪の毛を梳《す》かれて、大きな手で額《ひたい》の汗を拭《ぬぐ》われた。その手の感触が気持ち良くて、うっとりと目を閉じてしまう。しばらくそれを堪能《たんのう》し、そっと目を開けると、端整な怜思の顔がすぐ側にある。

「ごめんね、押しかけた早々、抱いて」

星南が首を横に振ると、彼は優しく微笑んで星南の耳に髪の毛をかけてくれた。

「どうしても会いたかったんだ。君が俺のところに来てくれたって聞いたら、もういてもたってもいられなくなって、ね」

「私も、どうしても会いたくなって……でも、軽率でした」

「報道関係者が結構いたでしょ？」

「はい。たくさんいました」

「真下しおり、今売れてるからね。まあ、俺はもっと売れてるけど」

そう言ってニヤリと笑った怜思は、星南の二の腕を撫でながら、でもね、と言った。

「俺には君だけだよ」

星南の目をまっすぐに見て、鼻の頭に小さくキスをした。

「最初にも言ったけど、俺が芸能人ってだけで、いろいろと面倒だよね」

星南の手を握り、そのまま繋《つな》いで指を絡《から》ませた。

「なのに、君は会いに来てくれた」

「それは、会いたかったから。音成さんが会いに来られないなら、私が行こうって、そう思ったんです」

何もしていない自分に気付いて行動したけど、結局会えなかった。でも、彼の方から会いに来てくれた。

「音成さんの方が、行動的でした」

「好きな人がいるんだ、行動を起こさないではいられない」

そう言って怜思は星南の頬にキスをして、頭ごと抱きしめる。

「本当に君だけだ、こんなに心が惹かれるのは。君を初めて見た時、興味というだけでは片づけられない何かが、俺の中で起きたんだ。でも、最初はこれが恋とはわからなかった。一目惚れなんて、フィクションの中だけのものだと思っていたから。だから何度も確かめた。それこそ、君をストーキングしてまでね。本当はここの住所だって、ずっと前から知っていた。……こんなこと言われたら、さすがに引くだろ？　自分でもわかっているけど、君が欲しいと思う気持ちを止められなかった」

さらに身体を抱き寄せられると、怜思は掠《かす》れた声で星南の耳元で囁《ささや》く。

「信じられる？　本当に君に夢中なんだ。もし君が、俺に愛想を尽かして別れると言ったら、この仕事を続けられなくなるくらい」

彼の腕に少しだけ力がこもり、星南はされるがままに抱きしめられた。こんなことを怜思が言うなんて、と信じられない思いで顔を上げる。

自分はきっと驚いた顔をしていることだろう。彼は微笑み星南の目元を指先で撫でた。

彼の表情はどこまでも優しく、星南を愛しく切なく見つめてくる。

「君がやめろというのなら、芸能人をやめてもいい。君が俺だけを見つめてくれるなら、どんなことでもできる」

彼は何でも持っている。高い学歴も、整った容姿も。芸能人としても一流で、モデルとしてはもちろん、誰もが認める世界的俳優だ。

そんな人が、やめてもいいなんて軽々しく口にするものじゃない。まして一般人の星南相手に、そんなことを言ってはダメだ。

そう思いながらも、彼が星南のために言ってくれた言葉に胸が熱くなった。彼がそれだけ、星南のことを思っているということだから。

「嬉しいです」

星南はただそれだけ言った。それしか言葉が出てこなかった。

だからと言って、それに甘えられない。

いつでもメディアに出て、映画に出ていて当たり前の俳優。そこにはきっと、彼が人知れず積み重ねてきたたくさんの努力があるに違いないのだから。だからこそ彼は、こんなにたくさんの人々に求められるのだろう。それを、星南のためにやめてほしくない。

「音成さんは、俳優をやめたらダメです。みんなきっとがっかりします。私も含めて。……あ、がっかりというのは、マイナスの意味じゃなくて、二度と音成怜思という人を見られないと、絶対にみんな残念だと、まだまだ見ていたかったと思うはずだから」

そこで一度言葉を切った星南は、だから、と言葉を繋《つな》ぐ。

「私のためにやめるなんて、そんなこと言わないでください。私はあなたに、俳優をやめてほしくありません。……どんな人だって、自信がなかったり落ち込んだりするでしょう？　そういう時、好きな映画やテレビを観て、楽しい気持ちになったり共感したりして、また明日から頑張ろうって気持ちになったりする……私が音成さんに憧れて、恋する気持ちで観ていたように……」

「星南は、やめてほしくない？　このまま俺が芸能人のままでもいいの？　また今回みたいなことがあるかもしれなくても？」

「それでも、です。あなたには、いつまでも私の王子様でいてほしいから……」

今の星南は怜思自身が好きだ。でも、どこかでまだ芸能人として見ている自分がいる。けれど、どちらの彼も心から好きなのだということを、どう言えば上手《うま》く伝わるだろう。

自分の語彙《ごい》が少なすぎて、星南は悩んでしまった。

「私、どちらの音成さんも好きなんです。だから私のためにやめるとか、そんなのは嫌です。ずっと……俳優、音成怜思でいてくれませんか？」

星南は自分なりに一生懸命気持ちを伝えた。彼はただ星南を見つめている。

「私は、これからもずっと音成さんの側にいたいんです。だから、あなたに恥ずかしくない私でいられるよう、いろいろ頑張ります。何があっても、音成さんを信じて待っています」

もっと強くなりたいと思う。芸能人の彼は何かあれば、すぐに報道される。そんな中で、たとえ不安に思っても、彼をずっと信じ続けるのは星南の役目だと思うのだ。

そんな星南の決意は、彼に上手《うま》く伝えられているだろうか。

星南は目の前の怜思を強く抱きしめた。ただ一人の人として、彼が好きだと全身で伝えたかった。

「ありがとう。君がそう言うなら、俺はどんな男にもなるよ」

「だから……！」

思わず見上げた星南の唇に、彼は人差し指を当てた。そうして星南を黙らせたあと、怜思はゆっくりと首を振った。

「誰かのためになんて、今まで思ったことはなかった。君や、世間が評価してくれたことで、俺は音成怜思という俳優になった。でもそれは、自分のためでも、誰かのためでもなかったんだ。俺が俳優をしていたのは、ただ違う自分になれるから、という理由だけ。でも、君と出会って、君の目に映る俺はいつでも魅力的でいたいと思うようになった。だから、君のために……俺は俳優を続ける」

星南の目に涙が溢《あふ》れる。君のためにと言った、彼の気持ちが嬉しい。彼への愛しさが込み上げて、胸がいっぱいになった。

「……ありがとうございます。嬉しい。……でも、他の人のためにも、たくさん素敵な音成さんでいてくださいね」

感動と照れくささで、泣き笑いみたいな顔になりながら、星南は彼に抱きついた。

「ははっ、君は心が広いな。でも、君がそう言うなら、努力しよう」

晴れ晴れと笑った彼は、星南の唇を優しく奪った。ちゅっとすくい上げるようにキスをしたあと、下唇と上唇を順に食《は》んで、深く重ねる。

「愛してるよ」

水音を立てて舌を絡《から》め合い、何度も角度を変えてキスを繰り返す。

その合間に、彼は熱い言葉を囁《ささや》いた。

「君を愛するために、俺は俳優を続ける」

だんだんと深くなるキスに、星南の身体が溶けてくる。彼の背に回した手に力を入れ、自分からも舌を差し出しキスを深めた。夢中になって舌を絡《から》めていると、彼の手が星南の足の間に触れ、円を描くように撫で擦《さす》る。

「あ……っん！」

「星南、愛したい。もっと、いい？」

怜思は、声もなく頷く星南の足を割り開き、腰を入れてくる。

避妊具を付けるのももどかしそうに、彼は熱く滾《たぎ》ったモノで星南を貫いた。

「ああっ……音成、さん」

熱い目をした彼は、性急に腰を使ってくる。

「君をこうするのは俺だけだ」

荒々しく息を吐きながらそう言って、星南の身体を揺さぶってくる。これまでになく、強い独占欲をにじませた目をして、彼は星南の唇を塞《ふさ》いだ。

「誰にも、ここは侵させない。俺だけのものだ」

キスの合間に、星南が頷く。彼はさらに強く腰を打ち付け、星南の中を甘く満たしていった。星南のソコは、これまで以上に熱く潤《うる》んで奥へ奥へと彼を受け入れていく。

「おと、なり、さん、好き……っ」

「星南っ……」

互いに忙《せわ》しない息を吐き出し、より深く愛を確かめ合おうと身体を交える。

なんの経験もなかった星南は、彼によって身体で愛されることを覚えてしまった。

あなたも私のものです、と言いたかったけれど、口から出るのは喘《あえ》ぎ声ばかり。

ただただ、怜思と身体を繋《つな》げ、夢中で彼との行為に酔いしれるのだった。

☆　☆　☆

——そして翌朝。

多大な倦怠感《けんたいかん》の残る身体に鞭打って、なんとかベッドから立ち上がった星南は、その場で膝から崩れ落ちてしまった。

仕事に行かなければならないのに、腰から下にほとんど力が入らない。

「大丈夫、星南？」

ベッドの上で微笑んでいるのは、星南の身体をこんな風にした張本人だ。

「お、音成さんが、何度もするから」

下唇を噛んで文句を言いつつ、どうにか立ち上がった。でも、腰から下が怠《だる》くて鈍痛もある。おまけに、腰がまっすぐ伸ばせないから、何かに寄りかかっていないと立っていられない。

「俺が、何をしすぎたのかな？」

そう言って起き上がった彼は全裸だ。そんな目に毒な姿で側に来ないでほしい。つい目を逸《そ》らすと、クローゼットにもたれている星南の腰に彼の手が回った。

「音成さんが、私の、腰を……」

「腰を？　どうした？」

クスッと笑いながら、彼の手がゆっくりと腰から下肢へと滑っていく。

「あ……」

「俺が、この柔らかい腰を抱いて、ここを好きにした、って言いたいのかな？」

するりと足の間に手を差し込まれ、彼の指が隙間の奥に入ってくる。つぷりと指先を入れられただけで、星南の身体は崩れ落ちそうなほど感じてしまった。

「ここに俺のを入れられて、何度も突かれすぎた？」

さらに奥へと入り込んでくる指に、星南の膝からガクリと力が抜ける。

「あ、私、会社に……」

「ああ、支度しなきゃね。でも、その前に俺の腕から抜け出さないと」

何度もコクコクと首を動かすのに、星南の中の指がもう一本増やされてビクンと腰が震える。

「ここをこんなに濡らしているのも、俺が悪いのかな？」

まるで、からかうみたいに触れてくる怜思に、つい怒りたくなる。でも、それより星南の感情を支配するのは腰から下の快感。もとから立てないくらい散々愛された身体に、そんなことをされてはすぐに堪《たま》らなくなってしまう。

「私、休みたく、ない……」

「じゃあ、ここから俺の指を抜いて、腕から脱出しないと」

わかっていると首を振ると、彼はさらに指を奥へと差し込んできた。

「ああっ！」

星南はたったそれだけのことで、達してしまった。

かろうじて穿《は》いていたショーツは、すでにぐっしょり濡れているのがわかる。

「ねえ、星南。お願いがあるんだけど……」

整わない呼吸のまま、後ろを振り向くと、綺麗な顔が微笑んだ。

「君は真面目《まじめ》で、社会人として仕事に誠実だ。だから、今日も会社に行って仕事をしなきゃいけないと思うけど……」

彼が言いたいことはよくわかる。でも耳元で、唇を触れさせながら囁《ささや》かれると、星南の身体からさらに力が抜けた。

「休んで、お願い」

「ふ……あ」

小さな喘《あえ》ぎ声が聞こえたのをいいことに、怜思は星南の身体を抱き上げベッドに運んだ。

そうして彼は、星南のスマホを手に取り、差し出してくる。同時に片手で摘《つ》まんだコンドームのパッケージを噛み切り、片手で器用に自身のモノへと装着した。

「電話して」

それでも星南は首を横に振る。すると彼は、止める間もなく星南の中に自身を埋《うず》めた。

「あっ……！」

けれどすぐにそれを引き抜き、隙間に擦《こす》り付けてくる。

「星南」

甘く名を呼ばれて、星南の中がきゅんと疼《うず》いた。

ここは、きっぱりと首を横に振らなくてはいけないところだ。なのに、どうしようもなく彼を欲している星南がいるのも確かで……

月曜の朝から喘《あえ》がされ腰も立たないとは、なんてダメな人間なんだろう。

それでも、一度火を点《つ》けられた身体の熱はどうにもならず、星南は震える手でスマホを取った。

数回のコールのあと、早く出社していた社員が電話に出た。

「おはようございます、五課の日立ですけど……すみません、今日は、体調が悪くて、熱が高いので……会社を、お休みします」

相手の了承の返事を聞いて電話を切った瞬間、怜思のモノが中に入ってきた。

「ん……っゃぁ」

「ごめんね、星南。ありがとう」

そう言って彼は、申し訳なさそうに星南の頬にキスをする。

「も、もう絶対、こんなことしないって、やくそく、して」

涙目になりながら、怜思を睨《にら》む。だけど、すぐに腰を動かされ、喘《あえ》ぎ声を上げて背を反《そ》らした。突き出された星南の胸にキスをして、怜思は笑った。

「了解」

それが合図のように、彼は星南の足を抱え上げて、腰を打ち付け始める。

会社をずる休みしたのは初めてだった。おまけに理由が、彼氏とエッチなことをして動けないからなんて、本当にダメ過ぎる。

でも、大好きな人にこんなにも求められて、身体が喜んでいるのがわかる。

心と身体が裏腹だが、それでも星南は彼の背に手を回した。

「大好きだよ、星南」

彼の言葉にただ頷く。

恋でダメな人間になった日、星南はこれ以上ないくらい甘くトロトロに蕩《とろ》かされたのだった。

14

——シングルベッドで、ぐったりと重なり合って眠っていた時。

アパートのインターホンが三回連続で鳴ったかと思うと、家のドアがドンドンドン！と強く叩かれた。星南と怜思はびっくりして同時に飛び起きる。

「は？　なに？　誰だ？」

目をパチクリとさせていている怜思も、やっぱり端整でカッコイイ。そんなことを思いながら、彼の油断した表情に、星南は笑った。

「誰でしょう？」

「星南、笑い事じゃないよ」

そう言って、彼は星南の唇にキスをした。何度か軽く唇を合わせるうちに、自然とそれは深くなってきて星南はつい声を出してしまう。

濡れた音を立てて舌を絡《から》めるキスは、何だか一緒に飴を舐《な》め転がしているような感覚だった。そんな、甘い雰囲気を壊すのは激しくドアを叩く音と、怒ったような女性の声。

「いるんでしょ、出て来なさい！」

その声で外にいるのが誰か、はっきりわかった。なのに怜思は唇を離さず、しばらく星南の唇を堪能《たんのう》したあと、ため息をついて身体を離した。

「ごめん。ウチの事務所の、社長って肩書きを持ったオバサンだ」

怜思は裸のままベッドを下りると、下着を身に着ける。彼は落ちた服を拾い、移動しながら器用に身に着けていった。それを見送っていた星南は、途中で自分も裸なのに気付いてハッとする。慌ててベッドを下りて下着や服を身に着け始めた。

怜思がドアを開けるなり、佐久間が部屋の中に入ってくる。着替えの途中だった星南は顔を赤くしてうつむいた。

「お楽しみだったようね、怜思？」

後ろ手にドアを閉めて鍵をかける彼女は、怜思を笑って睨《にら》み上げた。

「ああ、楽しかったけど？　もう、片時も離したくないくらい」

怜思はこれ以上ないくらい極上の笑みを浮かべて堂々と惚気《のろけ》た。それを聞かされた星南は恥ずかしさにますます赤くなりながら、急いで残りの服を身に着ける。

「上がっていいかしら？」

「ダメ」

「あんたに聞いてないから。星南さん、上がっていいかしら？」

星南はどうぞ、と言った。怜思は面倒くさそうな顔をして、星南の方へと歩いてくる。

「あの、今、お茶を……」

「結構よ。やられ過ぎてへっぴり腰じゃない。それに、ゆっくりお茶をしに来たわけじゃないから」

佐久間の厳しい言葉に、星南はうつむいた。

「星南にそういうこと言うんなら、今すぐ帰ってくれるかな、オバサン」

「帰る時はあんたも一緒よ。このバカ！　まだ動くなと言ったでしょ！　騒ぎが大きくなったらどうするの」

「だから何？　俺は星南に会いたかった。たとえ嘘の世界に生きていても、本気の女に会ってはいけない道理はない」

「わかってるわよ！　だから、明日まで待ってってお願いしたんでしょうが!?」

「待てなかったんだよ」

怜思を家から出せない佐久間の都合もわかる。でも、会えて嬉しかったし、それにより不安を解消できた。佐久間には悪いが、会いに来てくれた怜思に感謝してしまう。

「とにかく、今すぐ帰るわよ。今日、この後いろいろ報道されるから」

「いろいろって？」

まったく、と言ってため息をついた美穂子は、ようやく座った。

「テレビつけてみなさい」

星南がテレビの電源を入れると、タイミングよく怜思と真下しおりのニュースが流れていた。

『……がいの事務所は報道による交際関係を否定していますね。関係者からは、真下さんの自作自演という話も出てきているようで……』

この間の盛り上がりから一転した内容に、どこかホッとしている自分がいる。気になって隣の怜思を見ると、舌打ちせんばかりに冷たい顔をテレビに向けていた。

「これから、真下しおりとの共演はＮＧでよろしく。才能あると思っていたけど、買い被りだったな。今は、そう思ってた自分を殺してやりたい気分。結局、芸能界に残りたいだけの女だったなんて、こっちがバカを見た」

怜思の表情は、顔が整っているだけにすごく冷徹に見える。そういえば、以前こういう役をやっていたなぁ、とどこか他人事《ひとごと》みたいに彼を見つめてドキドキした。

「なに？」

「いえ、そういう顔もカッコイイですね」

星南の言葉にたちまち怜思は破顔して、ギュウギュウという音がつくくらい強く抱きしめてきた。

「あー、星南、可愛い。今すぐ食べたい」

さっきまで食べてた、と思いながら赤くなる。すると、横から佐久間が怜思の耳を引っ張った。

「ちょっ！　いてて！」

「このバカが！　帰るって言ってるでしょ？　食べるのは今度のオフにしなさい！」

怜思は盛大に舌打ちして、引っ張られた方の耳を撫でた。そして、星南、と呼んだ。

「本当はずっと一緒にいたかったんだけど、この人が来ちゃったから帰るよ」

明らかにがっかりしている怜思も、なんだか可愛くて魅力的だ。彼はこんなにも表情豊かな人だったのかと新鮮に思った。そしてどんな彼も、星南を惹きつけてやまない。

「でも、今度のオフには、会えるんですよね？」

佐久間が星南の言葉に、はぁ、とため息をついた。

「ええ、もちろん会っていいわ。ただし、怜思はきちんと変装すること」

「そんなの、いちいち言われなくてもしてるよ」

うんざりしたように言ったあと、彼は星南の頬に手を当て身体を引き寄せた。

「本当は帰りたくないけど、帰るよ」

「はい」

「今度のオフは、ああ、来週の土日だから、君の友人の結婚式の日だ。じゃあ、それが終わったらどこかへ行こう」

「はい。楽しみです」

「星南、愛してる」

そう言って彼は、佐久間の前にもかかわらず星南に唇を寄せてくる。ゆっくりと唇が重なり、チュと、軽く音を立ててすぐに離れた。

「さあ、ラブシーンはそこまで。ほら、服をきちんとしなさい」

彼はパンツはきちんと穿《は》いているが、シャツはただ羽織ったままだった。何も言わずに服を直し、来た時と同じ恰好をした怜思は、星南の頭を一度撫でてから立ち上がる。

「じゃあ、また」

「はい」

星南も見送りのため立ち上がる。まだ少しふらつくけど、ちゃんと彼を見送りたかった。

次の予定がものすごく楽しみで、星南は先に出て行った佐久間を見て、靴を履いたばかりの怜思の腕を少し引っ張る。

「ん？　どうした？」

「デートの約束、絶対ですよ？」

「もちろん、楽しみに待ってて」

そう言って、彼は笑顔を残して部屋を出て行った。

目の前で閉じた扉を見つめながら、胸が熱くなるのは、昨日からの熱が収まりきらないから。

来週の週末、と何度も心の中でつぶやき、星南は自分のダイアリーにさっそく予定を書き込むのだった。

☆　☆　☆

火曜日。仕事を休んだことを謝罪した星南の前には、仕事が山ほど積まれていた。

星南が休んだことで、いろいろと仕事が滞《とどこお》ってしまったとのこと。課長が、しみじみとやっぱり日立さんがいないとね、と言ってくれた時、星南は何とも言えない笑みを返してしまった。

自分が認められているってことなのか、そうじゃないのか測りかねたから。

なにはともあれ、今は仕事だ。

——彼との約束のためにも、私は私で自分の仕事を頑張らなくちゃ。

怜思のおかげで、心も身体もしっかり充電できた。ずる休みをしてしまった分の仕事を、きちんと取り戻さないといけない。星南は、前向きに決心する。

火曜と水曜はほとんど定時に帰れなかったけれど、今日でなんとか仕事にひと区切りついた。

明日の金曜は、友人の結婚式の準備と、デート用の洋服を見に行こうと思っていたので、早めに仕事の目処《めど》がついてほっとする。デートにはうんとお洒落《しゃれ》をしたいから、明日は洋服に合わせたアクセサリーも見られたらいい。そんなことを考えながら、星南は帰途についた。

いつもの帰り道、よくショッピングをする賑《にぎ》やかな通りに出る。

そこには少し前まで、怜思がモデルをするブランドの看板があった。そこに行くと、毎日必ず写真の中の怜思に会えた。だから星南は、会社帰りにその道を通るのを日課にしていたのだ。でも今は、ブランドのモデルが変わって、そこで怜思に会うことはできない。

なのに、ついこれまでの癖で看板の前の道を通ったら――

そこに、音成怜思がいた。スーツ姿でソファーに横たわり、眼鏡を口元に銜《くわ》えている。

「え!?　なんで!?」

「カッコ……イイ」

星南は思わず看板に近寄り、そっと手を当てた。

その時、久しぶりに聞く軽快なＣＭ音楽が耳に届く。ハッとして振り返ると、大きなビルのスクリーンに音成怜思のＣＭが映し出された。しばらく見ることのなかった、音楽メディアのＣＭだ。星南は食い入るようにスクリーンを見つめる。

現実で彼と会う前の、星南の日常。毎日どこかで彼を感じて、その存在にひたすら憧れていたあの頃の風景が戻った。

ＣＭが終わって、星南は感慨にふけるように目を閉じる。

あの頃から、そんなに時間は経っていないのに、自分も、自分を取り巻く環境もずいぶんと変わったものだ。静かに目を開けた星南は、再び看板の彼を見て微笑むと、そっと看板にキスをした。

「キスをするなら、本物にして」

そう耳元で囁《ささや》かれ、ハッと見上げる。

星南の背後には、初めて会った時と同じように怜思がいた。

「音成さん」

「我慢しきれなくて迎えに来たよ」

そう言って彼は、帽子と眼鏡を取り去り、髪の毛を軽く整える。

「気付かれ、ちゃいますよ？」

「見せつけたい気分なんだ」

そう言って、彼はゆっくりと指を絡《から》めるようにして星南と手を繋《つな》いだ。

「これが俺の本命の彼女だって」

にっこりと微笑んだ彼は、星南の手を引いて歩き出す。

ただただ幸せで、夢のような時間。こんなに幸せでいいのかと思うほどに……

でもこれは、夢ではなくて星南の現実だ。

繋《つな》がれた手の温もりに、星南は心からの笑みを浮かべるのだった。


後日、音成怜思の彼女は一般人という噂が拡散される。そして、本人がその噂を否定しなかったことから、事実として定着した。

その噂が出たあと、彼の人気は衰《おとろ》えるどころか、さらに上がっていった。それに一番ホッとしたのは、事務所の社長だったのは言うまでもない。

音成怜思の好感度が上がったのは、彼が演技では見せたことのないような優しい笑顔を、彼女へ向けていたと報道されたからだった。

ふしだらな溺愛

「音成さん、あの、本当にありがとうございます」

駐車場に停めた車の助手席で、星南が微笑む。

今日、怜思は友人の結婚式に参加するという星南を、ドライブがてら式場まで送ってきたところだ。

彼女の動きに合わせて自然な感じで両頬にかかる横髪が揺れた。可愛らしく髪型をアレンジしている星南の、いつもとは違う雰囲気にドキドキする。

三十を過ぎた、しかも自分のような職業の男が、まるで恋を覚えたての少年のような反応をしているのが気恥ずかしい。それを相手に気付かれないように、怜思はなんとか余裕の笑みを浮かべた。

「いいんだよ、星南。俺が送るって言ったんだし。結婚式が終わったら、電話してくれる?」

顔にかかった横髪を一房取ると、少し顔を赤くしてうつむく星南。

「二次会はないので、早く帰れると思います」

髪に触れただけで照れる彼女は、本当に可愛い。優しい顔立ちがさらに優しくなり、怜思は思わず唇を重ねてしまった。

「……んっ！」

重ねてすぐに甘い声を上げた星南の耳を、怜思は優しく撫でる。唇の隙間を舌でこじ開け、その中へと舌を入れた。

「は……ぁ」

唇の角度を変える時、息を吸うのに慣れてきたと思った。その瞬間に出す彼女の甘い声が、どうにもエロくてもっといろいろしたくなる。

舌を絡めて、吸って、上唇も下唇も余すことなく堪能《たんのう》し、濡れた音を立ててゆっくりと吸いながら唇を離す。一週間ぶりに会えた恋人をこのままずっと腕の中に留めておきたいが、そういうわけにはいかない。なぜなら彼女は、これから友人の結婚式に出席するのだから。

「音成さん、酷《ひど》い」

「え？」

「口紅、取れちゃった……」

赤い顔をして濡れた唇を触る彼女に、何とも言えない気分になる。

少し胸元が開いた淡いピンク色のドレス。鎖骨の部分にキラキラと輝くビジューがあしらってあり、彼女の白い肌をより美しく輝かせていた。ついその白い肌に手を這《は》わせて、柔らかい胸を揉《も》みたいと思う。だが、怜思はそれをぐっと我慢した。

胸元から視線を逸《そ》らすと、ドレスの裾《すそ》にもビジューが縫《ぬ》い付けてあるのに気が付く。いつもより短めのスカートから露出している膝を見て、スカートの中に手を差し入れたくなるが、撫でるだけで留めておいた。

「唇に口紅が、ついてます」

星南がクラッチバッグの中からポケットティッシュを取り出し、怜思の唇を拭《ぬぐ》ってくれる。

怜思に伸ばされた彼女の指には、淡いピンク色のマニキュアが塗られていた。その指先を吸ってキスしたい衝動に駆られる。

それが、恋人に対して普通に抱く感情なのかそうでないのか、色ボケした今の自分にはよくわからない。

怜思は大きく呼吸をして彼女の唇を優しく撫でる。

「ああ、星南のが移ったんだね」

「いきなり、キス、するから……びっくりしました」

彼女が言い終わると同時に、再びキスをしてほんの少し唇を吸い上げる。

濡れた音を立てる唇は、しっとりと柔らかい。

「キスをするのに、恋人の了解を得ないといけない？」

怜思がそう言って笑うと、赤い顔がさらに赤く染まった気がした。

「好きだよ。今日の星南は、格別に可愛い。行かないで、って言いたくなる」

「そんな……」

「このまま君のドレスを脱がせて、セックスしたい」

星南は困ったみたいに首を振った。その仕草にもぐっときて、怜思はまたキスをしてしまう。けれど、すぐに重ねた唇が離れた。それは、星南が怜思の胸を押したから。

「結婚式、行かないと」

「そうだね」

まさに色ボケそのもの。彼女の肌の柔らかさを、堪能《たんのう》したくて堪《たま》らなくなっている。一体どうしてここまで好きになったのか、自分でもよくわからない。

「……迎えに来て、くれるんでしょう？」

「ああ」

「……その時に……だったら、ドレス……」

それだけで、彼女の言わんとしていることがわかった。

ヤバい――心の中でそうつぶやく。ここまで強く欲しいと思うのは、本当に星南だけだ。

「わかったよ。でもそれ以上言わない方がいい。じゃないと、このままカーセックスになだれ込みそうだ」

そう言って星南のこめかみにキスをして、色の落ちた唇に触れた。

「リップは？」

慌てた様子で、彼女がクラッチバッグの中を探る。小さな手からリップスティックを奪って、星南の顎《あご》を軽く上げた。

「そのまま動かないで」

怜思は、彼女の唇にリップを塗る。淡いピンクベージュの優しい色が、星南によく似合っていた。

「式が終わったら電話して」

「はい」

怜思は星南の手を取りキスをする。彼女は微笑んで車のドアを開けた。名残惜《なごり》しくて握っていた手に指を絡《から》めると、彼女は照れくさそうに笑って怜思を見つめる。

「すごく、幸せです。迎えに来てくれるの、待ってます」

そう言ってドアを閉めた彼女は、少しだけ頭を下げて歩き出す。

その後ろ姿を見送りながら、柔らかく揺れるドレスの裾《すそ》を見た。

「後ろからやりたいな。可愛い反応するし。何をされるか見えないからか、不安そうでいて気持ち良さそうな顔をするから、もっとしたくなるんだよな……」

色ボケ中の世界的俳優は、別れ際の言葉を思い出して、ただため息をついた。

「幸せってなんだよ。俺の方がそう思ってる、君の何倍も」

しばらくハンドルに突っ伏していた怜思は、気を取り直して車を発進させる。

早く星南の友達の結婚式が終わらないかな、と思いながら。

☆　☆　☆

星南とこのまま一緒にいたいという思いを抑えて、怜思は一度自宅へ戻った。今日、明日は、完全に仕事がオフである。

今日は、結婚式に行くという星南の送迎を約束していたので、何の予定も入れていない。彼女を待っている間、何をして時間をつぶすか考える。

「星南を迎えに行くから、予定は入れられないな……」

溜まっていた録画でも観るか、と思ってテレビのリモコンを操作する。けれど、観たいものがあまりなかった。というより、画面に表示されたのは、復習のために録《と》っておいた自分の出ているドラマばかりだ。

星南はもう観たかな、とテレビ画面に目を向けながら怜思は頬杖をついた。

最近立て続けに三本の恋愛ドラマに出演した。

これまで恋愛ドラマに出ると、ただの疑似恋愛のはずが、相手役の女性を本当に好きだと錯覚することがあった。けれど、最近撮ったドラマでは今までと感覚がまったく違った。

「まるっきり星南に恋をしているように感じたんだよね……」

内容は恋愛感動ドラマ。

大勢の人が行き交う交差点で、たまたまかけていた眼鏡を取った主人公の自分。そして同じようにかけていた眼鏡を外したヒロインと、すれ違いざまに肩がぶつかり、互いに眼鏡を落としてしまう。

何の因果《いんが》か、二人の眼鏡はまったく同じデザインだった。交差点を渡り終え、互いに眼鏡をかけたところで、同時に気付く。

拾った眼鏡が別人のものだ、と。

それがきっかけとなり、徐々にヒロインと愛し合うようになる主人公。けれど、ヒロインと結婚しようと考えていた矢先、彼女が交通事故で死んでしまう。

「ここ、感情移入しすぎたな……何だか星南が死んだみたいに感じて……」

それから抜け殻となった主人公は周りの助けもあって、少しずつ自分を取り戻していく。

長期の欠勤で職を失ったのをきっかけに、主人公は、亡くなった彼女の足跡をたどり始める。それにより、ヒロインの天涯孤独《てんがいこどく》な辛い生《お》い立ちを知った。そして、彼女の前向きさの理由や、結婚しようと言った時、どうしてあれだけ泣いたのかを知る。

主人公はその後、ヒロインを思って独身を貫き通した。数十年後、亡くなったヒロインの記憶を持った女性が現れるまで――

この主人公を演じた時、まるでファンタジーだと頭の片隅で思いながらも、すごくドラマティックだと感じていた。

もし、自分より先に星南が死んでしまって、彼女の生まれ変わりが怜思の前に現れたとしたら……

「きっとまた恋をする。だってあんなに好きになった女性は、今まで一人もいなかったから」

自分の演技は客観的に観て、悪くなかったと思う。ただ、監督に言われた通り、感情が出すぎていた。けれど、クランクアップの時、すごいものが撮れた、音成怜思はやっぱりすごい俳優だ、と監督から言われて、役者冥利《みょうり》に尽きると思ったのを思い出す。

「でも、俺からこの演技を引き出したのは、星南なんだよな……」

今まで恋をしてきたと思っていた。

愛していると思った人たちと、キスもセックスもたくさんした。

しかし、星南と出会って、これまでしてきたのは恋なんかじゃないと思い知らされた。

恋とは、もっと運命的で、自分ではどうにもできないくらい強い感情だった。

それこそ、頭の中で鐘が鳴るくらいに。

「まあ、あれはスマホの着信音だったんだけど」

星南を初めて見た時、本当に結婚式の時みたいな、大きな鐘の音《ね》がしたように感じたのだ。

「あのドラマの主人公……結局、ヒロインの生まれ変わりの女を自分のモノにしたのかな……」

ドラマでは、二人が出会ったあとのことまでは描かれていなかった。

もし自分だったら、絶対に星南の生まれ変わりの娘《こ》を彼女にして、どんなに年が離れていても結婚する。

「そういえば、星南、結婚式行ってるんだった」

どんな結婚式だったのだろう。同級生の結婚式だと言っていたから、今頃は、学生時代の思い出の写真なんかを見ているのだろうか。

もし自分が式を挙げるのだとしたら、賑《にぎ》やかなものではなく、厳《おごそ》かで記憶に残るような結婚式にしたいと思う。

「そうだな、外国の……人気のリゾート地とかじゃなくて、ヨーロッパの田舎《いなか》とか。長く過ごしたイギリスでするのもいいかもしれない」

そうつぶやきながらも、まだ付き合って間もない彼女が怜思と同じ気持ちを持っているかどうか。

焦ってはいけないと自身を戒《いまし》める。それに、自分はこれから、外国での長期撮影が控えている。それらが終わってからとしても、まだ半年以上先のことだ。

「これからのこと考えると、憂鬱《ゆううつ》……」

外国での撮影は楽しみだが、星南と会えない時間のことを考えると気が重くなる。

早く電話がかかってこないだろうかと、時計を見る。もうすでに彼女を送って三時間近く経つ。

結婚式と、披露宴《ひろうえん》の時間を考えると、少なく見積もってもあと一時間は終わらないかもしれない。

「待ち時間、長い……」

独り言をつぶやき、怜思は再びリモコンを操作して、溜まった録画を観るのだった。

☆　☆　☆

星南から電話がかかってきたのは、怜思が彼女を送ってから四時間後のことだった。

ソファーに寝転んで、あまり観たくないテレビを観続けていた怜思は、軽く髪を整えてすぐに車で彼女を迎えに行った。

星南を結婚式の会場から回収したあと、どうしてやろうかといろいろ考える。

最初は、今日明日と二人の休みが一緒なので、どこか遠出するのもいいかと考えていた。

だけど今は……とにかく、あの淡いピンク色のドレスを脱がしたくて仕方ない。

こうした行為にまだ慣れない彼女は、きっとシャワーを浴びたいと言うだろう。その時は、自分も一緒に浴びたい。でもそれは、彼女の反応次第だな、と逸《はや》る気持ちを抑える。

それでも気付くと、彼女の柔らかい胸を揉《も》み上げて、足の内側へと手を伸ばして、と車を運転しながらエロいことを考えてしまっている自分に、反省した。

「俺って、汚れきったダメな大人だよな……」

つい先日、星南の初めてを奪ったばかり。彼女はセックスはもちろん、男女関係そのものが初心者のようだった。

柔らかくて優しさを感じるあの身体に、男を教えたのは怜思だと思うと、それだけで気持ちが高揚してくる。

行為の最中、必死に声を抑えるのも、堪《たま》らず喘《あえ》ぎ声を出す桃色の唇も、全部怜思が引き出しているのだ。きつく閉じていた足の力が抜けて、くったりと開かれるその様《さま》もすべて、自分がさせていると思うと、下半身に血が集まってきそうになる。

「……我ながら、こんなことばかり考えてて……ヤバいな」

彼女と会ってからの怜思は、今までにないほど悶々《もんもん》と妄想することが増えた。

今まで付き合ってきた彼女は、スタイル抜群で、肌の手入れも行き届いた美しい人ばかり。

だが、彼女たちを思い出して妄想することも、早く抱きたくて堪《たま》らなくなったこともなかったように思う。これまではただ、手慣れたセックスを楽しむだけ。

でも、初心者の星南は、セックスを楽しむ余裕なんかまだない。だから最中は怜思の背中に手を回すか、首に手を回すだけだ。彼女の方から、積極的に怜思にアクションを起こすことはない。それでも、そんな彼女が、怜思にとってはものすごくイイのだ。

閉じていた唇が開く瞬間、喘《あえ》いだ声の柔らかく高いトーン。

一体、何をしたらもっと声を出してくれるのか、どうしたらもっとその身体をしなやかに反《そ》らしてくれるのか。夢中になって愛撫《あいぶ》をし、繋《つな》げた身体を突き上げた。

星南をトロトロに蕩《とろ》かせたい気持ちと、速く達したい衝動の狭間《はざま》でいつも神経が焼き切れそうになっている。

「もう本当にヤバい。今すぐ星南を抱きたくなってきた。まっすぐ家に連れて帰って、ヤッていいかな……」

そんな妄想をしながら運転し、朝別れた結婚式の駐車場に車を停めた。

もうすでに披露宴《ひろうえん》が終わって、招待客らしき団体が式場の入り口付近にたむろしている。

全員ドレスアップしており、同じような恰好をしている中、怜思は目ざとく星南を見つけた。そのままじっと、微笑む彼女の横顔を見つめる。

「楽しかったみたいだ」

周りにいるのは友人たちだろう。楽しそうに話している彼女を見て、ほっこりとした気分になった。

しかし、自分はあまり人の多い場所に長居することはできない。いつどこで音成怜思の存在に気付かれるかわからないからだ。自身の立場を思い出して、少し大きめのサングラスをしっかりとかけ直し、星南にメールを送信した。駐車場で待っている、と。

だが彼女は、メールに気付く気配もなく、友人たちと歓談を続けている。

楽しそうなところに水を差すのもな、と思って黙って見つめていると、星南たちのところに二人の男がやってきた。結婚式に出席していたのだろう、びしっと決まったスーツ姿だ。

そのうちの一人、背が高くベストを着てジャケットを手にかけた男が、やけに親しそうに星南に話しかけている。それに応《こた》える星南は、クシャッとした笑みを浮かべて、男の腕を軽く叩いた。そして、男を見上げて優しい表情をする。

それを見た怜思は、知らず唇を引き結んだ。きっと、今、星南の前にいる男をすごい形相《ぎょうそう》で睨《にら》んでいることだろう。

「誰だよ」

一瞬にして不機嫌になった自分は、本当にダメで大人げない。しかし、星南も悪いのだ。

「あんな顔で俺に笑いかけたこと、一度もないな」

いつか自分も、彼女からあんな表情を引き出すことができるだろうか。星南は怜思のファンだったし、今でもどこか遠慮しているところがあるから、すぐには無理かもしれない。

だけど、もっとあんな柔らかい笑顔を向けてほしい。もっと自分に近づいてほしいのだ。

「一緒に過ごした時間が短いのはわかっているけど……」

きっと怜思より、あの男の方が星南のことをよく知っているのだろう。男性に対して奥手なところのある星南があんな表情をするのだから。でも、自分に対しても、あれ以上に可愛い笑顔をもっともっと見せてほしいと思う。

そうしてじっと星南を見つめているうちに、彼女がクラッチバッグからスマホを取り出した。画面を見た直後、きょろきょろしていた視線がこちらに留まったのを見て、運転席で軽く手を振った。

周りの友人たちに挨拶《あいさつ》をした星南は、小走りで怜思の車へと向かって来る。

運転席側から助手席のドアを開いてやると、星南は怜思に満面の笑みを向けた。

「来てくれて、ありがとうございます……でも、大丈夫かな、バレてないでしょうか……」

こちらを見る友人たちに軽く手を振る星南に、怜思はサングラス越しに視線を向ける。

「友だちに、何て言ってきたの？」

「……彼氏が迎えに来ている、って言いました」

少しためらいがちにこちらを見る星南。怜思はその頬を撫でて口元に笑みを浮かべた。

「上出来。これからも時間が許す限り、こういう時は迎えに来るからね」

怜思は車を発進させた。星南の友人たちがこちらを見て何か言っているのを視線の端《はし》で捉《とら》えながら、駐車場を出て行く。

「星南、明日は休みだよね？」

「はい、もちろんです。今日は土曜日だから」

「せっかくだし、どこか行こうと思ってたんだけど……このまま家に連れて帰ってもいいかな？」

サラッと言ったが、内心はドキドキしていた。

もしかしたら、怜思と出かけるのを楽しみにしていたかもしれない。何より、会えばいつもセックスをしてしまう自分を内心嫌だと思っていたら……そんなことが気になる。

こんなことは、本当に初めてだ。付き合っている彼女相手に、こんなに自信がないなんて。

「……はい、大丈夫です」

その返事に心から安堵する。同時に、星南を抱けると思うと、もうすでに身体が反応しそうだった。

「泊まる準備、してきた？」

「いえ……」

「そうか、どこか行こうかって言っただけだったしね」

泊まるつもりはなかったかもしれない。もしかしたら、今日は帰るつもりだったのかも。

「綺麗な恰好してるし、今日は帰る？　そうするなら送るけど」

できれば、泊まっていくと言ってほしい。そう思っていると、星南は、小さく首を振った。

「お休みの間、ずっと一緒にいていいなんて思わなかったから。音成さんにも、予定があるかもしれないと思って……もし、泊まっていいのなら、コンビニで下着を買います」

どうやら星南は、怜思に遠慮をしていたらしい。怜思もまた、いろいろ考えて、妄想して自信がなかった。

お互いが恋をしているんだと実感し、怜思はサングラスを外して笑った。

「じゃあ、コンビニに寄ろう。今日は一晩中一緒に過ごして、君を抱きつぶしたい」

「……音成さん、あからさまに言いすぎです」

彼女はたぶん顔を赤くしている。そしてうつむいたことだろう。運転中の怜思には見えないが、そんな気がする。だから、ものすごく堪《たま》らなくなってきた。

今すぐに抱きたい、と思った。

「家に帰るまで待てないかも……」

「え？」

「君が可愛いことを言うから」

家に着くまであと十分はかかる。こうして運転していることをまだるっこしく感じた。

しかし、周りにちょうどいいホテルはないし、車を停める場所もない。

そして、ゴムも持っていない。

「そう、ですか……でも、わかる気がします」

「星南？」

「だって、送ってもらった時の、キス……結婚式の間も思い出してました、ずっと」

なんて可愛いことを言うんだ。本当に年甲斐もなく、下半身に違和感を覚えた。

今まで、どんなに魅力的な女性を相手にしたって、ここまで反応することはなかった。

まして、セックスが待てないなんてことも。

なのに――

「君はやっぱり、特別だな」

本当に余裕がない。でも、彼女を安心させるために怜思は優しい笑みを浮かべた。

「じゃあ、帰ったら、ね」

吐く息が熱い。そんな自分に自分で呆れるほど、星南に欲情していた。

「はい」

さらにうつむき、もうこちらを見なくなった星南を強く意識して怜思は車を運転する。

一刻も早く帰りたいが、ここで事故を起こすわけにはいかない。自分の中の熱を必死に抑えながら、安全運転を心がける怜思だった。

☆　☆　☆

星南のお泊まりセットを買いにコンビニに寄るのももどかしく感じた。それどころか、マンションの駐車場から部屋に移動することすらじれったい。

ここにゴムがあったら、車の中で星南を襲っていたかもしれない。そこで、ふと思ったのは、どうして寄ったコンビニでゴムを買わなかったのかということ。

あの時は、星南が車に戻って来るのを待ちながら、これからどうやって彼女を抱くかで頭がいっぱいで失念していた。

とりあえず、いくらマンションの敷地内でもさすがにここでは襲えない。

なんとか理性を掻き集めて車を降り、彼女の手を取ってエレベーターまで歩く。

「シャワー浴びていいですか？　お化粧とか、落としたいし、髪の毛も……」

「ああ……」

返事なのか相槌《あいづち》なのかわからない曖昧《あいまい》な言葉を発した。

シャワーの間、待っていられるか自信がない。確かに、今日の綺麗にまとめ上げた髪の毛には、たくさんのヘアピンが使われていそうだ。それに、化粧をした顔ももちろん好きだが、優しい素顔はもっと好きだから、落とした方が好みだ。

怜思は、エレベーターに乗り込み、大きく息を吐いた。もう、本当に彼女に対してだけは、どうしようと思うことばかり。

「音成さん？」

「……っ！」

星南が怜思のシャツの袖《そで》を掴《つか》んで見上げてくる。

「どうかしましたか？」

息が、一瞬止まった。今にも、抑え込んだ劣情が爆発しそうになっている。

「星南……」

彼女の首元に触れて、エレベーターの壁に押し付けた。鎖骨を親指で撫でながら、怜思は顔を傾け彼女の唇に自身のそれを押し付ける。

「……っん」

すぐに唇をこじ開け、舌を差し入れる。柔らかい星南の粘膜を直《じか》に感じながら、彼女の舌と自分のを深く絡《から》めた。

「舌が蕩《とろ》けるな」

一度唇を離して、すぐにまた重ねる。濡れた音を立てて、その音にさえ感じてしまい、彼女の身体をさらに強く壁に押し付けた。

身じろぎすらできない星南は、ただ怜思のシャツにすがり、必死でキスに応《こた》えている。しかし、エレベーターに乗っている時間は短く、すぐに怜思の部屋がある階に着いてしまった。

キスを続けながら彼女の身体を片手で抱き上げ、足早に玄関のドアまで行く。そのまま玄関のドアを開けて中に入ると、星南をつぶすくらいの勢いで床に身体を押さえ付けた。

「音成さ……っシャ、ワー、したいって」

「ごめん、待てない……っ」

ここはまだ玄関だ。互いに靴も脱いでいない。それに、ここにはゴムもない。でも彼女の身体を触りたくて、中に入りたくて堪《たま》らないのだ。

「ああ、星南……ごめん」

ドレスの背中に触れて、ファスナーを下げた。すぐに剥《む》き出しになった肩に軽く歯を立てながら、ドレスをさらに脱がせていく。その間に、邪魔なブラジャーのホックを外して首元へ押し上げ、露《あら》わになった双丘に唇を寄せた。ようやく感じることのできた、彼女の柔らかい感触と滑《なめ》らかな肌に一気に興奮が高まる。

「ベッド……ベッドに行きたい……っあん！」

ドレスの裾《すそ》から手を差し入れ、ショーツのクロッチ部分から指を入れると、星南が強くシャツを掴《つか》んだ。

「おねが……いっ……音成さ……っ！」

彼女を見ると、目に涙を浮かべて懇願している。

少しだけ理性が戻ってきた。確かにここは玄関だし、彼女の背中を直接フローリングに押し付けている状態だ。このまま行為に及べば、背中を痛めてしまうかもしれない。

怜思は神経が焼き切れそうなほどの劣情を抑え込み、彼女を抱き上げて寝室へ向かった。

星南の身体をゆっくりベッドに下ろすと、すぐに足を開かせた。枕元のチェストに手を伸ばし、引き出しから無造作にゴムを取り出す。パッケージを噛み切って、パンツの前を緩《ゆる》めて下着の中から反応しきった自分のモノを取り出し付ける。

「星南……入れたい」

再度ショーツのクロッチから指を入れると、星南は喘《あえ》ぐように息を吐いた。そして怜思を見つめて、シャツと一緒に少しだけ引き寄せた。

「来て、ください」

そう言ってギュッと目を閉じる。その姿を見た怜思は、即座に彼女の中から指を引き抜き、代わりに自身をあてがった。そして、星南の身体を押し上げるようにして滾《たぎ》る自身を入れた。

「あっ！」

一気に突き入れたので、星南は眉を寄せた。でも、すぐに息を吐きながらそれを緩《ゆる》めて、怜思の背中に手を回す。

熱くきつく怜思を包み込む星南の中は、ゾクゾクとした快感が背筋を走り抜けるほど気持ち良かった。すぐに弾けてしまいそうだと思いながら、腰を使い始める。

「気持ちいい、星南」

これまでの自分からは、考えられないくらい性急に身体を繋《つな》げた。ただ、柔らかい身体を突き上げ、押し上げて快感を追うだけのバカな男に成り下がった気分だ。

まだセックスに不慣れな初々《ういうい》しい身体に、優しく愛撫《あいぶ》を施《ほどこ》すこともなく、下着を脱がせてゆっくりと足を開くわけでもない。ただ荒々しく、クロッチを横にずらして、自分の欲望を押し込んだ。

一応濡れているかは確認したが、こんなことを自分がするとは思わなかった。

自分はいつももっと、優しく女性を抱く。互いに愛撫《あいぶ》を楽しんで、繋《つな》がる時もゆっくりと快感を追う余裕があった。

なのに、そんな自分が今、ただ星南を求めるだけのオスに成り下がっている。

それでも、彼女とのセックスはとにかく気持ちが良くて、何度も腰を振って細い身体を揺さぶる。自分の下で揺れる白い身体に、痺《しび》れるほどの快感を得る。

彼女とする時は、いつも余裕なんてなくなってしまう。カッコイイ俳優、世界的俳優と言われる怜思が、ただの男になる。

「ダメ……っあ！」

激しい抽送《ちゅうそう》に、彼女の膝が震えている。中途半端にドレスを乱され、怜思に揺さぶられるままになっている星南を見ると、可哀相だと思う。でも、彼女の中は熱く潤《うる》んできつく怜思を締めつけてきた。それだけで彼女が自分を求めていることがわかって、怜思の下半身にいっそう熱が集まってくる。

「星南、イキそう……っ」

気持ち良すぎて、もうダメだ――

怜思は、逸《はや》る気持ちのまま自身を彼女の中にグッと押し入れた。

最奥《さいおう》まで自身を埋め込み、左右に揺する。

「あ、あっ……音成、さん」

怜思の動きに合わせて、ぎゅうぎゅう締まる内部に自身を愛撫《あいぶ》される。

この娘《こ》が大好きだ。もうこんな出会いは二度とないだろう。

そう思いながら星南を抱き上げ、互いに抱き合う体位にする。より下半身を密着させ、そのまま下から突き上げるともう、本当に良すぎて頭が痺《しび》れてくるようだ。

そのまま腰を震わせて自分を解放する。

何度か強く突き上げるが、いつまでも自分のモノが放っている感じがした。

しばらく強く抱きしめていた星南は、くったりと怜思に体重を預け放心している。

その後頭部をそっと撫でると、星南の腕が怜思の首をキュッと抱きしめてきた。

「音成さん、熱い……」

「うん、ごめん」

「ふふ……さっきから、謝ってばっかり」

微《かす》かに笑った星南はさらに怜思を抱きしめ首筋に頬を寄せた。

「よかった、ですか？」

「……ああ。ものすごく良かった……あんまり優しくなくて、ごめん」

つい、また謝ってしまった怜思に、彼女はゆっくりと首を横に振った。

「心のどこかで、音成さんに、こうされたがっている自分がいて……しばらく会えなかったから……嬉しい」

確かに星南とは一週間ぶりだった。その間も、メールや電話はするけど、それだけだった。

だから余計に、星南を抱きたくて堪《たま》らなかったし、彼女と話す男に嫉妬《しっと》した。

「そうか、じゃあ、俺も嬉しい。君と、こうして愛し合えて」

怜思が身体を離そうと動くと、星南の腕の力が少し緩《ゆる》む。

彼女の額《ひたい》と自分の額《ひたい》をくっつけて、怜思は目を閉じた。

「たいした愛撫《あいぶ》もせずに、入れてごめんね、星南」

「……………私、たくさん愛撫《あいぶ》される方が恥ずかしい、です」

「そう？」

隅々まで、くまなく愛するには、愛撫《あいぶ》は必要だ。怜思は彼女をトロトロに蕩《とろ》かせたいと思っているのだから。

「だって愛撫《あいぶ》の間、音成さんが、すごく、私を見ているから」

本当に可愛いことを言うなぁ、と思いながら怜思は額《ひたい》をグリグリと押し付けた。

「すごく見るのは、君が好きだからだよ」

抱き合った体勢のまま、彼女の身体をベッドに戻すと、ゆっくりと自身を引き抜いた。ゴムの中に放ったモノがいつもより多い気がして、さっさとティッシュにくるんでごみ箱に捨てる。

そうして新しいパッケージを手に取り、再び自身に付けた。

「だから星南、もっと、ちゃんと愛させて」

そう言って、ドレスの裾《すそ》を下からまくり上げて脱がせる。彼女は手を軽く上げて、それを手伝ってくれた。露《あら》わになった胸を恥ずかしそうに隠すのを見て、その手をゆっくりと退《ど》かせる。

すっかり濡れてしまったショーツも脱がせて、床に放った。

「入れるよ。今度はゆっくり、するから。君に、入れたまま、これでもかってくらい蕩《とろ》かせてあげるよ」

赤くなりながら小さく頷く星南の中に、今度は少しずつ自分のモノを入れていく。熱い粘膜に包まれていく感覚に、一度熱い息が出てしまうけれど。

「あ、もう、蕩《とろ》けてます……っん！」

「もっとだよ、星南」

唇を開けて、彼女のツンと尖った胸の先端を呑み込む。

乳房を手で揉《も》み上げながらそうすると、柔らかく身をよじる星南がエロくて可愛かった。

優しくゆっくりとセックスしたいと思う。でも、彼女のすべてが怜思から余裕をなくさせてしまう。

逸《はや》る気持ちをぐっと抑え込んで、とにかく優しく彼女を愛していく。達したばかりなのに、まだまだ元気な自分を戒《いまし》めながら、怜思は星南を抱きしめるのだった。

書き下ろし番外編

いつまでも、これからも

——日立星南の彼は世界的な俳優、音成怜思である。

テレビで見ない日はないという彼は、いつも忙しいけれど、疲れている顔などまったく見たことがない。いつも、素敵な笑顔で星南を魅了し、何度も恋に落としてしまうのだ。

長年、一ファンでしかなかった自分が、まさか恋人として彼と付き合うことになるなんて、思いもしなかった。だが、それは本当に本当で現実で、夢ではないのである。

「星南、今日はどうしよう？　家でまったり映画でもいいけど、天気がいいし外に出てもいいね」

カーテンを開け日の光を浴びる彼は、神々《こうごう》しかった。

「音成さん、おはようございます……」

「おはよう、星南」

怜思が微笑み、星南を見る。ずっと憧れだった彼と朝を迎えるのは、もう両手の指では数え切れないほどだ。

「どうしたの？　昨日の余韻がまだ残ってる？　蕩《とろ》けた顔をして……」

そう言いながら、まだ星南が寝ているベッドへ近づいてくる。ベッドの端に座った怜思の指先が唇に触れ、顎《あご》先を捉《とら》えた。

「一度、スル？　朝から、もっと蕩《とろ》ける？」

綺麗な笑顔が、星南の心を誘惑してくるけれど、すぐに首を横に振る。

「朝からは、そんな、できないです……それに、昨日、したばかりだから」

「そうだね……じゃあ、何をしようかな……どこか行くにしても、ちょっと遅い朝だよね」

クスッと笑った彼の言う通り、時刻はもう午前十一時を二十分ほど過ぎていた。

昨夜は、怜思の家で彼が帰ってくるのを待っていた。撮影の時間が押したらしく、結構遅い時間に帰って来た。少し話をして、ベッドに入った時間はもう次の日になっていた気がする。

『遅いから、今日はしないでおくね』

怜思はそう言って星南の頭を撫でた。だけど、星南は物足りなさを感じて、自ら彼の形のいい唇に自分の唇を重ねた。

そういうことをする自分が信じられなくて、すぐに唇を離したけれど、怜思のスイッチを入れるには十分だったらしい。昨夜は心も身体も満足するほど十二分に愛された。

すぐ側にいる彼を見つめる。未だに、こんなことが起こるものかと思うほど、非現実的。これから先、もしも自分に彼との別れがきたとしても、その思い出だけで十分暮らしていけるほど幸せだった。

「どうしたの？」

「いえ、なんでも……今日はゆっくりしません？　音成さん、久しぶりのオフだし」

星南がにこりと微笑みながら言うと、そうだなぁ、とベッドに座ったまま軽く伸びをした。腕を伸ばした時の筋肉の感じや、脇腹のラインがドキッとするほどセクシーだ。

思わず目を逸《そ》らし、深呼吸する。

「映画でも観る？　最近までやっていた映画が無料配信され始めてたし」

わざわざ映画館へ行くよりも、お家デートみたいに一緒に過ごした方が怜思もゆっくりできるだろう。それに彼とは、そうやって一緒に過ごす時間を、ほとんどと言っていいほど持てていない。

怜思は売れっ子の演技派俳優である。今が旬、という芸能人がたくさんいる中で、彼はもう十年以上も第一線で活躍し続けている。

だから、星南にとっては、こうして彼とゆっくりできる時間が幸せだった。

「シャワーして服着ている間に、なんか作っておくね。簡単なものしかできないけど」

「あ……はい」

顔を赤くしたのは、自分が全裸だと今更ながらに気付いたからだ。その様子を見た怜思がクスッと笑い、星南の額《ひたい》にそっとキスをした。

「可愛いね……俺がキッチンにいる間に、きちんと服を着てきて」

小さく頷くと、彼は背を向けて寝室を出ていく。

夢心地の時間と夢みたいな彼との接触。もしかしたら自分は前世でとても善《よ》い行いをしたのかもしれない。

「好きです、音成さん」

星南は大きく深呼吸をしてベッドから足を出すのだった。

☆　☆　☆

シャワーを浴び、髪の毛を乾かしてから浴室の外に出ると、とてもいい匂いがしていた。

「音成さん?」

「ああ、星南……ブロッコリー食べられる?」

「もちろんです」

「よかった、ブロッコリーとベーコンにチーズをのせてオーブンで焼いたんだ。あとは、クリーム系のリゾット。本当にあり合わせの簡単なものだけど」

悪戯《いたずら》っぽく笑った彼の顔は、数年前に見た怜思が主演の大学生同士の恋愛映画のようだった。

「今の顔、前に見た恋愛映画に出ていた音成さんに見えました」

「そう？」

「はい」

星南が食卓に座りながら頷くと、そっか、ともう一度言って料理をテーブルに運ぶ。

そこでハッとした星南は慌てて立ち上がった。

「ごめんなさい、私、何も手伝ってなかったです！」

「いいよ、ああ、じゃあ取り皿を出してくれる？　キッチンの一番上の引き出し」

「はい！」

星南は適当な大きさの少し深めのお皿と、スプーン、お箸《はし》を取り、テーブルに並べた。

彼とこういう風に、食事をするのはかなり久しぶりのこと。

しかも、彼の家でなんて初めてだ。

「音成さんとこうやって一緒に、家でご飯食べるの初めてですね」

星南が微笑みながら言うと、そうだね、と彼もまた微笑んだ。

「音成さんは何でもできますね……料理ができる男の人ってカッコイイです」

目の前の料理の食欲をそそる匂いが鼻腔《びこう》をくすぐる。ありあわせなんて言ってたけれど、お洒落なお店で出てくる料理みたいだ。

「そうかな、俺は君の方がしっかりして見えるんだけどな」

「私が？」

「うん。君はきちんと社会に出て就職しているし、仕事もちゃんとやっている。確かに俺はそつなくいろいろやれるかもしれないけど、そういうのじゃない何かを、星南は持っている」

「……そう、ですか？」

「そうだよ。そんなところも好き」

彼はそう言って、スプーンでリゾットをすくう。ふーっと少し冷ましてから、星南の唇にスプーンを寄せた。されるまま口を開くと、リゾットが口の中に入ってくる。

ほどよい温かさのそれは、クリーミーで美味《おい》しかった。

「美味《おい》しいです」

「そう、よかった」

にこりと微笑んだ彼は、星南に食べさせたスプーンで自身もリゾットを食べる。なんだかそれが、とても親密でドキドキした。

昨夜はもっと、親密過ぎることをしたというのに、こういう小さなことに変にドキドキしてしまう。

ああ、この人が好きなんだなぁ、と星南は再確認する。

芸能人としてしか見ていなかった期間が長かったけれど、そうではない素の音成怜思は、優しくて気遣いのできる素敵な人だ。大胆な部分もあり、ちょっと子供っぽい感じもあったりして。

「好きです、音成怜思さん」

思わず口に出してしまった。彼は星南の言葉に少し声に出して笑って、少し首を傾《かし》げて口を開く。

「俺も好きです、日立星南さん」

互いにスマイル。そして、同じタイミングで大きく息を吐く。

「映画観る？」

星南は小さく頷いた。

今の雰囲気だと、また、ベッドへ逆戻りしそうだったから。

それをしたくないとか、そういうわけではないけれど、昨日はこれ以上ないと思うくらい怜思と愛し合った。それこそ、これ以上この人を独り占めしてしまっては、罰が当たるのではないかと思うほどに。

「でも、俺は今……別に映画が観たいわけじゃないな」

「そうですか？」

「うん……星南は観たいのある？」

彼の綺麗な指先が、星南の頬をかすめたかと思うと、手のひらで包まれてしまう。

「あるとは、言えないんですけど……しいて言えば、音成さんの、さっき……話した、恋愛映画」

「あんなに昔のを？」

「昔っていうほどでは……」

「でも確実に十年は経ってるよ？」

クスッと笑った彼の顔が星南に近づいてくる。キスをされると思った瞬間には唇が重なり、その深度が深くなっていくのはすぐのことだった。

「……っんん」

小さく息継ぎをするけれど、少し酸素が足りない。そういう時が一番、クル。

だから彼の首に手を回すのは無意識だった。キスは、ほんのりとリゾットの味がする。

「星南、君って、俺をその気にさせる天才……君以外にこんな風になったことないかも」

はぁ、と小さく色っぽい息を吐きながら怜思が言った。

こんな台詞《せりふ》を、例の恋愛映画でも、夢中になったヒロインに向けて言っていたような気がする。だからか、自分がヒロインになったような錯覚に陥《おちい》る。

「私、さっき言った映画のヒロインの気分です……あの時の音成さんのキスとか、その……」

言いかけてすぐに言えなかったのは、怜思のそのシーンを思い出したからだ。

「ああ、ベッドシーン？　あの時の俺と、今の俺、そんなに似てる？」

クスッと笑った彼の問いに、星南は頷いた。

「なんとなく……っあ……」

彼がシャツの上から胸を揉《も》む。怜思の恋愛映画のアノ時のシーンは、本当に男女が抱き合っているかのようだった。赤面しつつも、怜思の色気や演技に釘付けだった。

「あの時の俺と、今の俺は違うよ？　あれは演技、でも今は本気……再現しながら抱こうか？　あのシーンは、こんな風に女優の胸を揉《も》んだな」

両手で彼が星南の胸を持ち上げるように揉《も》む。本当に触っていたのか、と今更ながらに再確認してしまって、星南は首を振った。

「そんな風に思えるだけで……私は、今の音成さんに、抱かれたい、です……」

「どうして？」

「あの時の音成さんより、今の音成さんの方が数倍カッコイイです……あの映画では、まだこんなに大人っぽくなかった」

彼の頬を少しだけ触って、手を離す。そうすると、彼は可笑《おか》しそうに笑って、彼の頬に触れていた星南の手を取った。

「どっちが好き」

それはもちろん、即答だ。

「私は、私を好きだと言ってくれる今の音成怜思さんが好きです」

彼は星南の額《ひたい》に、自分の額《ひたい》をくっつけて目を閉じた。

「ありがとう……俺を好きになってくれて」

そんなの当たり前のことだ、と星南は思う。ずっとファンだったからわかる。星南にとって、彼のすべてに憧れてやまないのだ。

そんな人が自分の恋人になってくれているこの現実は、如何《いかん》ともしようがない。

「ずっと好きです、怜思さん」

名を呼ぶと、彼はふわりと笑った。そして星南を子供のように抱き上げ寝室へ向かう。

「昨日あれだけしたのに、またしたくなるのは君のせいだと思う」

ちょっと拗《す》ねたような言い方をした彼に、星南もちょっとだけ言い返す。

「それは、そっくりそのままお返しします。抱かれたいと思うのは、怜思さんのせいです」

星南の言葉に、彼は抱き上げる腕に力を込めた。

「ワンラウンドで抑え切れるかなぁ……なんか心配」

笑みを浮かべ、星南をベッドに寝かせる。

星南の首筋に顔を埋《うず》め、彼は言った。

「君に会えて、幸せ」

私もですと言い返したかったが、彼からの愛撫《あいぶ》で何も言えなくなった。

口から出たのは、自分でも信じられないような甘い声と吐息。

朝食も食べ終えていないのに、何をやっているのかと思う。それでも、彼との逢瀬《おうせ》は短いのだから、と怜思の腕に身を任せる。

二人が朝食という名の昼食を食べる頃には、すっかり食事が冷え切っていた。

だが、これも幸せだと、二人で笑い合うのだった。

訳あって仕事を辞め、充電中の純奈《じゅんな》。独身で彼氏もいないけど、そもそも恋愛に興味なし。別にこのまま一人でも……と思っていた矢先、偶然何度も顔を合わせていたエリート外交官・貴嶺《たかね》と、なぜか結婚前提でお付き合いをすることに！　ハグもキスもその先も、知らないことだらけで戸惑う純奈を貴嶺は優しく包み込み、身も心も愛される幸せを教えてくれて――

B6判　定価：704円（10%税込）ISBN 978-4-434-27987-4

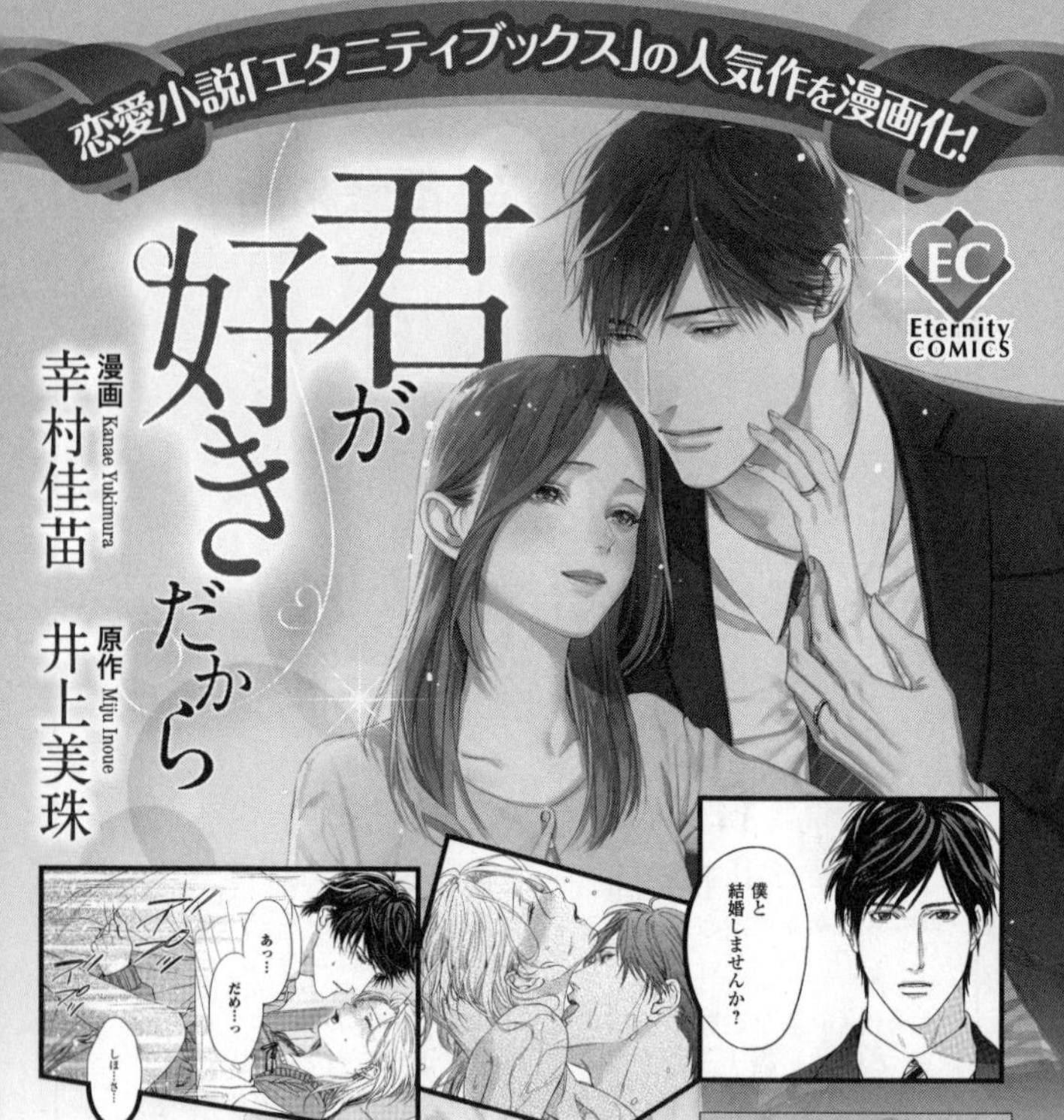

二十九歳の堤美佳《つつみみか》がお見合いで出逢ったのは、エリート育ちのイケメンSPである三ヶ嶋紫峰《みかしましほう》。平凡な自分では相手にもされないと思ったのに彼から熱いプロポーズを受けて結婚することに！　思いがけず始まった新婚生活は幸せそのもの。だけど、美佳はどうして彼がこんなにも自分を大事にしてくれるのかがわからず、不安にもなって——。お見合い結婚から深い愛が生まれる運命のラブストーリー。

B6判　定価：704円（10%税込）ISBN 978-4-434-21878-1

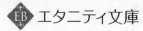

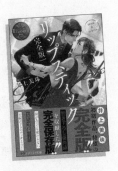

本書は、2017年8月当社より単行本として刊行されたものに、書き下ろしを加えて文庫化したものです。


この作品に対する皆様のご意見・ご感想をお待ちしております。

おハガキ・お手紙は以下の宛先にお送りください。

【宛先】

〒150-6008 東京都渋谷区恵比寿4-20-3 恵比寿ｶﾞｰﾃﾞﾝﾌﾟﾚｲｽﾀﾜｰ 8F
（株）アルファポリス　書籍感想係

メールフォームでのご意見・ご感想は右のＱＲコードから、
あるいは以下のワードで検索をかけてください。

アルファポリス　書籍の感想　検索

ご感想はこちらから

エタニティ文庫

君《きみ》を愛《あい》するために

井上《いのうえ》美珠《みじゅ》

2022年4月15日初版発行

文庫編集ー本山由美・熊澤菜々子
編集長ー倉持真理
発行者ー梶本雄介
発行所ー株式会社アルファポリス
〒150-6008 東京都渋谷区恵比寿4-20-3 恵比寿ｶﾞｰﾃﾞﾝﾌﾟﾚｲｽﾀﾜｰ8F
TEL 03-6277-1601（営業）　03-6277-1602（編集）
URL https://www.alphapolis.co.jp/
発売元ー株式会社星雲社（共同出版社・流通責任出版社）
〒112-0005 東京都文京区水道1-3-30
TEL 03-3868-3275
装丁イラストー駒城ミチヲ
装丁デザインーansyyqdesign
印刷ー中央精版印刷株式会社

価格はカバーに表示されてあります。

落丁乱丁の場合はアルファポリスまでご連絡ください。

送料は小社負担でお取り替えします。


ISBN978-4-434-30203-9 C0193